4
월
의 약
속

4월의 약속

2015년 4월 19일 초판 1쇄 펴냄

글쓴이 | 양호문
펴낸이 | 김준연
펴낸곳 | 도서출판 단비
편 집 | 최유정
등 록 | 2003년 3월 24일 제2012-000149호
주 소 | 경기도 고양시 일산서구 일중로 30 505동 404호(일산동, 산들마을)
전 화 | 02-322-0268
팩 스 | 02-322-0271
전자우편 | rainwelcome@hanmail.net

ISBN 979-11-85099-45-3 04810
값 11,000원

국립중앙도서관 출판시도서목록(CIP)

4월의 약속 글쓴이 : 양호문. — 고양 : 단비, 2015 p. ;   cm — (단비 청소년 문학 42,195 ; 9) ISBN 979-11-85099-45-3 04810: ₩11000   978-89-967987-4-3 (세트) 04810 한국 현대 소설[韓國現代小說] 813.7-KDC6   CIP2015010198

단비 청소년 문학 42.195 9

4월의 약속

양호문 글

단비
danbi

어린 나이, 학생 신분임에도 불구하고
불의에 항거해
피로써 민주 정신을 지켜냈던 4·19 영령들에게
삼가 이 책을 바칩니다.

차례

1

무서운 꿈

모르겠다. 낮인지, 밤인지 알 수가 없다. 아직 희미한 빛이 한쪽 눈까풀에 감지되기는 하지만, 그 빛마저 조금씩 사라지고 점점 어두워진다. 나뭇잎을 갉아먹는 애벌레처럼 어둠이 빛을 야금야금 삼키고 있는 것 같다. 그리고 차갑다. 살을 에는 듯한 싸늘한 냉기가 온몸의 체세포를 뚫고 들어와 뼈 마디 마디에 박힌다. 게다가 목, 가슴, 허리, 오금이 밧줄에 묶인 듯 심하게 조여진다. 그 때문에 숨이 막히고 피가 돌지 않아 감각이 무뎌진다. 답답하다. 어지럽다. 바윗돌인 양 몸이 무겁다. 아래로 아래로 끝없이 내려가는 이 느낌은 또 무엇일까? 빛을 향해 위로 오르려고 버둥거려보지만 팔과 다리가 움직여주질 않는다. 아무리 힘을 줘도 손가락 하나 까딱할 수가 없다.

머리가 아프다. 눈도 아프다. 특히 눈알이 빠진 것처럼 오른쪽 눈의 고통이 너무 심하다. 그러고 보니 고통의 근원지가 오른쪽 눈이다. 극도의 통증이 오른쪽 눈에서부터 시작해 전신으로 퍼져나간다. 피가 흐르는 것 같기도 하나 손이 움직이질 않아 확인할 길이 없다. 피인지 뇌수인지, 그저 몸속의 찐득한 액체가 오른쪽 눈을 통해 조금씩 새어 나가고 있다는 느낌만 들 뿐이다. 그러나 그마저도 빠르게 무뎌지는 감각으로 인해 제대로 느끼지 못한다. 시각, 청각, 후각, 촉각 등 모든 감각이 서서히 마비되고 있다.

도와달라고, 나를 좀 들어 올려달라고, 누군가를 부르고 싶다. 하지만 입이 벌어지지 않는다. 그저 속으로만 목이 터져라 외친다. 그러나 그것도 잠시, 혀가 뻣뻣하게 굳고 말라 바싹 구운 과자로 변했다. 자칫 잘못하면 조각조각 부서져버릴 것 같다. 침도 말랐는지 입안 전체가 뻑뻑하면서도 껄끄럽다. 갈증도 심해 목구멍이 타는 듯하다. 물! 물 한 모금만 주세요! 제발! 발성이 되지 않아 아무도 듣지 못하는 공허한 외침만 거듭한다. 분명 큰 소리로 외치고 있으나 아무 말도 발음되지 않는 이해 못할 상황이 한참이나 지속된다.

결국 외침을 포기하고 귀를 기울여 소리를 찾는다. 하지만 들려오는 소리라곤 없다. 예전 어느 겨울날 함박눈이 내리던 새벽 시간보다 더 조용하다. 불과 몇 시간 전에 지축을 울리던 함성 소리를 들었던 것도 같은데? 수많은 사람들이 일제히 외치는 고함 소리. 그게 환청이었나? 세상이 어쩜 이리도 적막한 걸까? 완전 무음의 세계. 섬뜩한 고요만이 지루하게 이어질 뿐이다. 적막, 고요, 무음. 그것이 이처럼 무서울 줄이야. 전에는 경험한 적이 없다.

눈이라도 떠야 할 텐데! 이번엔 눈을 뜨려고 갖은 애를 써보지만 눈이 떠지지 않는다. 마치 강력접착제로 붙여놓기라도 한 듯 얄팍한 눈까풀이 미동조차 않는다. 갑자기 몸이 왜 이러는 거야? 여태 이런 경우가 없었는데? 누군가에 의해 강제로 봉쇄된 것처럼 동시에 입이 막히고, 귀가 막히고, 눈이 막힌 이해할 수 없는 현실. 극도의 절망감과 공포감이 엄습해 심장이 오그라든다.

머릿속 구석구석 뒤진다. 뇌세포 곳곳에 숨어있는 기억의 조각들을 찾기 위해 정신을 집중한다. 나는 누구인가? 여기는 어디인가? 하지만 아무것도 보이지 않고 아무것도 생각나지 않는다. 가물가물한 기억들. 조바심에 스스로를 재촉하면서 더욱 깊숙한 곳에 포개져있는 뇌세포를 들춘다. 혹시 꿈? 그래! 꿈인지도 모르겠다. 어렸을 적에 아주 무서운 꿈을 몇 번 꾸었던 기억이 어렴풋이 생각난다. 형체를 알 수 없는 무언가가 으르렁거리며 다가오는데, 팔도 다리도 말을 듣지 않아 도망치지도 못하고 비명조차 지를 수 없었던 그 극한 공포의 상황. 뒤집힌 풍뎅이마냥 혼자 버둥거리다가 깨어나 보면 온몸이 식은땀으로 축축이 젖어있었지! 오줌까지 지려 이부자리가 흥건했었고. 가위 눌림이란다. 크면서 저절로 없어지는 거야! 엄마는 별것 아니라고 말했었지만, 지금의 이 상황이 그런 악몽 같기도 하고 아닌 것 같기도 하고. 모르겠다. 진짜 모르겠다.

꺼져가는 호롱불처럼 이제 의식마저 빠르게 희미해지고 있다. 정신을 차리려고 안간힘을 다해본다. 그러나 소용이 없다. 누가 쇠막대기로 마구 휘저어놓았는지 머릿속이 어질어질하고 혼란스럽다. 마치 커다란 소용돌이 속에 휩쓸려 들어가는 듯 몸이 계속해서 아래로 내려가고 있다. 대체 내 몸이 어디까지 내려가려는 걸까? 혹시 저승길? 아마도 그런가 보다. 지금 저승으로 가고 있는 게 분명하다. 그렇지 않다면 주변이 이리도 어둡고 이리도 차가울 리가 없다. 저승은 온기가 없고 빛도 없는 암흑의 세상이라 하지 않던가?

검은 갓을 쓰고 검은 도포를 입은, 얼굴에 핏기도 없고 눈동자도 없는 저승사자에 이끌려 사방천지가 캄캄한 길을 44일 동안 걸어가야 하는 게야! 그 44일 동안 아무것도 못 보고, 아무것도 못 듣고, 아무것도 못 먹고, 아무 말도 못하고 그저 쉬지 않고 밤낮 걷기만 하다가 마침내 저승 문전에 당도하여, 문전에서 또 5일간을 포승줄에 묶인 채 대기하다가 49일째 되는 날 비로소 안으로 들어가……. 동네 할아버지한테 들었던 기억이 단편적으로 떠오른다. 공포에 질려 소리를 지른다. 안 돼! 절대 못 가! 모든 힘을 다해 버둥질을 친다. 하지만 그것 역시 마음의 바람일 뿐, 단 한 마디의 소리도 단 한 번의 동작도 이루어지지 않는다.

긴 시간이 흐르고 난 어느 한 순간, 한 줄기 희미한 소리가 귓가에 와 닿는다. 즉시 모든 신경을 귀로 집중한다. 소리가 좀 더 또렷하게 잡힌다. 방울 소리 같다. 아니, 다시 들어보니 송아지 목에 달린 워낭 소리 같기도 하다. 아니, 그거와는 조금 다르다. 워낭의 불규칙한 소리가 아니라 일정한 간격을 두고 들리는 규칙적인 소리다. 소리가 점점 가까이 다가온다. 요령 소리다. 딸랑이는 요령 소리가 들려오고 구슬픈 상여 소리가 동일한 곡조로 반복된다.

북망산천 머다드니 대문 밖이 북망일세
이제 가면 언제 오나 오실 날짜 일러주오
마을 앞산 진달래야 꽃 진다고 서러 마라
너는 명년 춘삼월에 새로 피어 곱겠지만
나는 가면 못 오나니 이내 한을 어이할꼬

곧이어 꽃상여가 마을 앞길을 돌아 문덕산으로 가고 있는 장면이 머릿속에 펼쳐진다. 상복 차림의 사람들이 통곡을 하며 꽃상여 뒤를 따르는 모습도 나타난다. 그 광경에 두려움과 슬픔이 증폭되며 가슴을 헤집는다.

죽은 게 분명하다. 그래도 정신을 차리자! 모든 걸 다 잃더라도 정신만은 절대 잃지 말자! 스스로를 부추기면서 한 가닥 한 가닥 끊어지고 있는 의식의 줄을 놓치지 않으려 안간힘을 쓴다. 혼신의 힘을 다해 기억의 조각들을 움켜잡고 필사적으로 버틴다. 전신이 땀으로 범벅이 되도록. 그러자 혼몽하던 정신이 차츰차츰 안정을 찾고 혼란하던 조각 기억들도 서서히 질서를 갖춘다.

2

피라미 잡기

교실 창밖 동남쪽 멀리 견두산 위에 하얀 뭉게구름 예닐곱 개가 떠있었다. 동글동글한 모양이 마치 목화송이 같아 승열은 구름에 시선을 둔 채 넋을 놓고 바라보았다. 각기 크기는 조금씩 차이가 났지만 형태는 목화송이와 너무도 흡사해 쉽게 눈길을 돌릴 수가 없었다. 해마다 아버지, 어머니가 안골 비탈 밭에다 목화 농사를 지어왔기에 추수 후 마당에서 목화솜을 채취할 때의 보송보송한 촉감이 손가락에 느껴지기도 했다. 하얀 솜뭉치를 하늘에 툭툭 던져놓은 듯 뭉게구름은 견두산 위 푸른 하늘에 옹기종기 몰려있었다. 다른 하늘은 텅텅 비었는데 유독 그 부분에만 구름이 형성되어 어찌 보면 울타리 밑에 무리 지어 핀 흰 봉선화 꽃처럼도 보였다. 바람에 흩어지지 않고 제법 긴 시간 제자리를 지키고 있는 게 신기하고 보기도 좋아 뭔가 기쁜 일이 생길 것 같은 예감이 들었다. 혼자 보기가 아까워, 저기 저 뭉게구름 좀 보라고 짝에게 말하려는 순간, 교탁에서 크고 짤막한 목소리가 들려왔다.

"이상!"

담임선생님이 종례가 끝났음을 알리는 소리였다.

"반장, 오늘 청소는 몇 분단이 할 차례지?"

"2분단입니다."

"2분단은 청소하고 나머지 학생은 집으로 돌아가! 집에 가서 일요일 잘 쉬고, 월요일에 지각하지 말고."

"예!"

대부분의 아이들이 큰 소리로 대답했다. 다음 날이 일요일이라 여느 날에 비해 목소리가 크게 나온 것이었다. 하루 쉰다는 생각에 토요일만 되면 언제나 그랬다. 하지만 청소를 맡게 된 아이들은 그렇지가 않았다. 하필이면 토요일에 청소 당번에 걸리다니. 불만이 가득한 얼굴로 건성 대답을 하고도 모자라 여물 씹는 송아지처럼 입술을 씰룩거렸다. 집에 일찍 가봐야 즐거운 일이 기다리는 것도 아닌데 그랬다.

복도가 반질반질했다. 나무판자로 된 복도에 양초, 콩기름을 칠해가면서 30분이 넘게 닦은 결과였다. 마른걸레를 미는 두 팔에 힘을 너무 주어 어깨가 뻐근하고 손목이 저렸다. 이마에는 땀방울이 송알송알 맺혀 강아지풀 잎에 달린 아침 이슬 같았다. 사흘에 한 번씩 교대로 이뤄지는 방과 후 청소 시간. 힘이 들기는 했지만 닦아 놓고 보니 기분이 괜찮았다. 다른 반의 복도보다 더 윤이 나고 번질거려 은근히 자부심이 들기도 했다. 지난번처럼 또 담임선생님이 교실로 오다가 미끄러져 넘어질지도 몰랐다. 그날 담임이 넘어지는 걸 보고 아이들은 한참이나 배꼽을 잡았었다.

청소 검사를 마치고 교실을 나섰다. 바깥은 땡볕이었다. 아침부터 기승을 부려대던 더위는 정오가 지나자 정점에 달했다. 학교가 펄펄 끓을 지경이었다. 그늘에 서있어도 숨이 턱턱 막혔고 이마에서 비지땀이 줄줄 흘러내렸다. 벌써 보름 넘게 이어지는 엄청난 무더위였다. 그동안 비도 내리지 않아 몸에 와 닿는 열기는 참나무 장작불보다 더 뜨거웠다.

"야, 우리 저기서 구슬치기 한판 하고 갈까?"

"더운디 그냥 가불자!"

"나는 구슬 다 잃고, 재미도 없어!"

서쪽으로 한 뼘쯤 기울어진 불타는 해를 힐끔힐끔 바라보며 정문이 아닌 후문으로 학교를 빠져나가 구불구불한 논두렁길을 걸었다. 논마다 빼곡한 벼 이삭들은 뜨겁지도 않은지 고개를 빳빳이 세우고 내리쬐는 햇볕을 즐기고 있었다. 혹시 논두렁 풀숲에 방아깨비가 없나 살펴보다가 철길 둑으로 올라섰다. 신작로를 통해 가면 집에까지의 거리가 더 멀 뿐 아니라 흙먼지만 폴폴 날리고 볼거리도 없어서 등하교 길은 주로 철길을 택해왔었다. 철길은 바로 산 밑을 통과하기에 볼거리도 많고 놀거리도 많았다. 그리고 무엇보다 여름철 햇볕이 쨍쨍한 날이면 매일 하는 시합이 있어서였다.

"자, 또 시작하자!"

"좋제!"

"출발!"

가장 앞선 사람은 역시 철남이었다. 그 다음이 태석이 그리고 꼴찌는 또 승열이었다. 철남이와 태석이의 거리 차는 약 2미터, 태석이와 승열이의 거리는 약 4미터 정도였다. 시합을 할 때마다 그 순위에는 변화가 거의 없었다. 어쩌다 철남이와 태석이의 순위가 뒤바뀔 뿐 꼴찌는 언제나 승열이가 도맡아 해왔었다. 오늘은 꼭 2등을 해봐야지! 승열은 어금니를 악물고서 앞서가는 태석이의 뒷모습을 똑바로 바라보았다. 따라잡기에는 조금 먼 듯했다. 하지만 가능할 것도 같았다. 지난번 시합 때는 6, 7미터나 뒤떨어졌으나 오늘은 그렇지가 않았다. 겨우 4미터였다. 게다가 몸 상태도 좋아 자신감이 배가되었다.

"힘내자!"

자기 자신에게 기를 불어넣은 승열은 부지런히 발을 놀렸다. 그러나 발바닥에 전해지는 열기가 너무 뜨거웠다. 마치 숯불 위를 걷는 것처럼 금방이라도 불이 붙을 것만 같았다. 왼발 오른발을 빠르게 바꾸어가며 내디뎌야만 그나마 뜨거움을 조금 덜 느꼈다. 그렇지 않고 지체하면 발바닥이 그대로 눌어붙어 메밀부침개가 되기 십상이었다.

책보를 어깨에 둘러메고 고무신을 벗어 양손에 든 자세로 승열은 종종걸음을 쳤다. 양쪽 팔을 넓게 벌려 몸의 중심을 잡으면서 앞서가는 태석이 뒤를 쫓았다. 거리가 한 발 한 발 좁혀지는 듯이 보여 기운이 솟았다. 입암리 입구에 있는 건널목이 결승선이니까 아직 50여 미터를 더 가야만 했다. 아지랑이처럼 구불구불 피어오르는 복사 열기 속에 평행으로 곧게 뻗은 철로가 멀리까지 이어져있었다.

"앗 뜨거!"

앞에 가던 태석이가 더 이상 견디지 못하고 비명을 지르며 철로 아래 침목으로 내려섰다. 내려서자마자 손으로 발바닥을 문지르며 호호 불었다. 태석이를 따라잡을 절호의 기회였다. 승열이도 발바닥이 불붙은 듯 뜨거웠으나 어금니를 악물고 죽기 살기로 버텼다. 명색이 시합인데 줄창 꼴찌만 할 수는 없는 일이었다.

"비켜! 비켜!"

태석이에게 가까이 다가가 소리쳤다. 그러나 태석이는 비켜서지 않았다. 다시 철로에 깡충 올라서서 뛰다시피 걸었다. 잠깐 동안 발바닥을 식혀서 그런지 동작이 다람쥐보다 더 빨랐다. 금세 4, 5미터를 앞서 버렸다. 승열이도 잠깐이나마 침목에 내려서서 발바닥을 식힌 뒤 따라갈까, 하다가 그만두었다. 그러는 사이에 철남이와 태석이는 결승선에 도착할 것이 뻔했기 때문이었다. 괴롭고 힘들어도 참고서 끝까지 뒤쫓기로 했다.

"아으으으!"

30여 미터를 더 가자 발바닥에서 살이 타는 냄새가 피어올랐다. 고무신을 신지 않고는 도무지 더 이상 버틸 수가 없었다. 걸음 속도가 점점 느려졌다.

"승열아, 언능 좀 온나!"

"지금 가고 있잖아?"

철남이와 태석이 둘 다 키가 크기에 그만큼 다리가 길었다. 그렇지 않다면 이길 자신이 있었다. 이빨을 악물고 결승선까지 가서 철로 변 토끼풀밭으로 깡충 내려섰다. 그러고는 그대로 퍼질러 앉은 뒤 입으로 발바닥을 후후 불었다.

"어째 너는 매번 꼴찌냐?"

태석이가 비아냥거렸다. 승열은 태석이를 슬쩍 올려다보며 퉁명스레 대꾸했다.

"나는 한 번도 안 내려서고 끝까지 왔잖아?"

"핑계는……."

핑계가 아니었다. 철남이는 두 번, 태석이는 세 번이나 침목에 내려서서 발바닥을 식히는 걸 보았었다. 그러지만 않았으면 틀림없이 자기가 이겼을 거라고 승열은 생각했다. 다음에는 침목으로 내려서기 없기로 하자고 제안을 하려다가 입을 다물고 말았다. 친구들끼리 그냥 재미 삼아 하는 시합이기에 졌다고 해도 그리 억울하지는 않았다. 어쨌든 시합을 하는 바람에 여느 때보다 일찍 마을 어귀에 도착한 셈이었다. 안 그러면 야산에서 산딸기, 버찌 등을 따 먹고 산새 알을 찾거나 다람쥐를 쫓으며 해가 떨어질 무렵까지 노닥거렸을 게 분명했다.

"기차 온다."

승열이가 고무신을 발에 꿰고 일어서는 순간 철남이가 외쳤다. 철로가 잉잉 우는 소리를 냈다. 곧 건널목 차단기가 내려가고 종소리가 귀청을 때렸다. 셋은 얼른 농로로 내려가 서서 기차가 나타나기를 기다렸다. 기적이 두 번 길게 울리고 뒤이어 산모퉁이에 기관차 머리가 모습을 드러냈다. 화물열차가 아닌 여객열차였다. 서울에서 대전, 전주, 남원, 순천을 거쳐 마산까지 가는 완행열차로 하굣길에 어쩌다 만나는 기차였다. 기관차 뒤에 객차가 몇 량이나 달

렸는지 세어보는 것도 재미있는 일이었다.

차단기에서 뒤로 두어 걸음 물러나서 기차를 살폈다. 몇몇 승객들이 창밖으로 손을 내밀고 가볍게 흔들었다. 승열이와 태석이, 철남이도 기차를 향해 마주 손을 흔들어주었다. 화물열차와는 달리 여객열차는 이따금 승객들이 과자나 사탕을 던져주는 경우가 있어서 은근히 기다려졌다. 그저께는 어떤 아저씨가 껌을 던져주어 이틀 내내 씹고 지냈었다.

"와! 좋겠다! 기차 타고 여행 가고."

"우리도 갔어야 하는데."

승열은 멀어져가는 기차 꼬리를 바라보며 부럽다는 투로 말했다. 타보고 싶었다. 기차를 타고 멀리 바다가 있는 곳까지 가보고 싶었다. 거의 매일 기찻길을 걸어 등하교를 하고 하루 한두 차례는 기차를 보면서도 여태 타본 적이 없었다. 한 번 기회가 있기는 했으나 사라지고 말았다. 지난 5월에 학교에서 기차를 타고 서울로 수학여행을 가기로 계획을 세웠지만 아쉽게도 취소되었다. 수학여행을 가고자 하는 학생 수가 모자라서였다. 6학년 전체의 반도 되지 않았다. 가난한 시골의 면 소재지 학교라 수학여행을 보낼 형편이 안 되는 집이 꽤 많았다. 전체의 반이 넘는 아이들이 못 가는데 일부 학생들을 위한 수학여행을 갈 수는 없다며 교장선생님이 취소시켜 버렸다.

여객열차의 꼬리가 멀리 아지랑이 속으로 사라지자 몸을 돌려 마을 길로 들어섰다. 마을 앞 논에는 피사리를 하는 동네 아저씨들이 드문드문 보였다. 모내기를 한 지 이제 겨우 두 달. 땡볕에도 아랑곳 않고 벼들이 키를 쑥쑥 키우고 어느 것들은 벌써 이삭을 빼꼼히 내밀고 있었다. 그러나 이삭이 다 패려면 아직 3주 정도는 더 있어야 할 것 같았다. 적어도 8월 중순쯤은 되어야 한다는 걸 승열은 알고 있었다. 지난 5월 모내기할 때 승열이도 뒷동산 너머 머루골에 있는 논에 가서 하루 종일 못줄을 잡아주었었다. 품앗이 나온 동네 사람들 열대여섯 명이 평평하게 써레질 된 논에 들어가 줄 맞춰 서 있는 모습, 허리를 기역자로 굽힌 채 빠른 손놀림으로 모를 심는 모습, 이장 아저씨의 선소리에 따라 일제히 후렴구를 메기는 모습 등을 매년 보아왔었다.

"우리 점심 먹고 목욕하러 가자!"

마을 입구에 있는 느티나무 아래에 이르자 태석이가 말했다.

"그거 좋제!"

철남이가 좋다고 동의를 나타냈다.

"나는 안 돼!"

하지만 승열이는 고개를 가로저었다. 가고 싶은 마음은 굴뚝같았으나 할 일이 있어서였다. 형하고 나무를 하러 가기로 약속이 되어 있었다. 얼마 전 아버지가 비탈진 목화밭에서 일을 하다가 넘어져 발목을 심하게 삐었기 때문이었다. 그 때문에 아버지는 일을 못 하고 면사무소 옆에 사는 침술사 할아버지한테 벌써 여러 날째 침을 맞고 있었다. 퉁퉁 부었던 아버지의 발목이 많이 가라앉았으나 여전히 거동이 불편해 일을 하는 건 무리였다.

"형이랑 나무하러 가야 돼! 땔감이 거의 다 떨어졌어!"

중학교는 국민학교보다 집까지의 거리가 훨씬 가까워 형은 벌써 아까 집에 도착해서 기다리고 있을 것이었다.

"그러면 목욕은 내일 가자! 나도 아버지 따라 나무하러 가야 돼."

"내일은 좋아!"

약속을 한 뒤 승열은 친구들과 헤어져 집으로 향했다.

다음 날 일요일, 역시 아침부터 푹푹 찌는 가마솥더위였다. 연신 부채질을 해보지만 소용이 없었다. 아침밥을 먹고 나서 엄마는 작은누나와 형을 데리고 콩밭으로 김매러 가고 아버지는 안방에서 침술사 할아버지를 기다리고 있었다. 친구들과 약속이 있다고 빠진 승열은 마루에 걸터앉아 집 안 여기저기를 건성건성 둘러보았다. 그러다가 외양간 쪽의 울타리 밑에 시선이 닿았다. 봉선화였다. 빨간색 봉선화들 옆으로 무리 지어 핀 흰 봉선화. 큼직큼직한 꽃송이가 아주 탐스러웠다. 문득 생각나는 게 있어서 고개를 들어 멀리 견두산 위쪽 하늘을 바라보았다. 어제 학교 교실에서 봤던 그 목화송이 구름은 어디로 갔는지 보이지 않고 연푸른빛의 맑은 하늘만

드넓게 펼쳐져있었다. 아쉬웠다.

"아버지, 개울에서 목욕하고 올게요!"

"그래! 갔다 와라! 너무 늦게 오지 말고."

"예, 일찍 올게요!"

고무신을 발에 꿰고 막 마당으로 내려서려는 참에 아버지가 불러 세웠다.

"저 끝열이도 데리고 가거라!"

끝열이를 끌고 가서 마을 앞 개울인 요천 풀밭에 매놓으라는 말이었다. 끝열이는 지지난 달 남원 우시장에서 사 온 암송아지로 부지런히 어른 소로 키워야 했다. 그래서 3년 후에 새끼를 낳게 해 그 새끼 소를 팔아 승열이 고등학교 학자금으로 쓸 계획이었다. 아버지가 동생 삼아 잘 보살피며 정성껏 키우라고 이름을 끝열이라고 지어주었다. 외양간에 들어가서 끝열이 고삐를 풀어 잡고 집 밖으로 나섰다. 집 밖은 무더위로 모두가 축축 늘어져있는데 매미들만 신나게 합창을 해대고 있었다. 마을 앞길 느티나무 밑에 이르니 철남이가 먼저 와서 기다리는 중이었다. 표정이 약간 어두워 보였으나 더위에 지쳐 그러려니 여기고 물어보지 않았다.

"철남아, 참매미가 더 많은 것 같지?"

"글쎄? 말매미 걸기도 허고."

매미들이 대체 어느 가지에 붙어서 노래를 하는 건지 둘이서 고개를 쳐들고 느티나무를 살펴보고 있을 때, 태석이가 고샅길에서 나타났다.

"어?"

태석이도 소를 끌고 오는 중이었다. 승열이네 소는 작은 송아지인데 비해 태석이네 소는 3, 4개월 먼저 사 와 키웠기에 중송아지였다. 키와 덩치 차이가 꽤 났다. 철남이네는 집이 부유하지 않아 송아지가 없었다. 그러나 철남이도 소를 매우 좋아했다. 나중에 소를 100마리 키우는 커다란 농장의 주인이 되는 게 꿈이었다.

"이리 줘, 승열아! 내가 끌고 갈랑게! 태석이 니도."

"그래!"

승열이와 태석이는 송아지를 철남이에게 넘겨주고 나란히 걸었다. 능숙하게 송아지를 모는 철남이를 뒤따라가면서 지난 단옷날 얘기를 나눴다. 그날 읍에서 군민대항 씨름 대회가 열렸는데 일반부는 주생면 정송리에 사는 사람이 우승을 해서 황소 한 마리를 탔고, 학생부 우승자는 산동면 부절리에 사는 남원농고 2학년생으로 암송아지를 탔다는 말을 아버지한테 들은 기억이 났다.

"그러면 철남이도 나중에 학생부에 출전해서 우승하면 송아지 타겠다."

단체전이었지만 철남이는 작년 가을 운동회 때 청군 씨름 선수로 출전해 우승을 한 적이 있었다.

"그래! 내 말이 그거야. 철남이는 덩치가 크고 힘도 세니까 내년에 중학교 가면 씨름을 시작해야 돼!"

철남이만 송아지가 없는 게 항상 마음이 아팠던 승열은 걸음을 빠르게 옮겨 철남이에게 다가갔다.

"그런데 금지중학교에 씨름부 없잖아? 다른 중학교나 고등학교 가야 있지!"

"그래도 시작은 해야 해! 우리 아버지가 그러는데 씨름 기술이 워낙 여러 가지라 그걸 다 익히려면 몇 년이 걸린대. 중학교에 가면 체육선생님이 가르쳐줄 거 아냐? 철남아! 철남아!"

"왜?"

철남이가 걸음을 멈추고 뒤돌아보며 히죽이 웃었다. 억지로 웃는 웃음이라는 걸 승열은 금세 눈치챘다. 입가에 그려진 웃음과는 달리 얼굴 표정은 시무룩했다. 하지만 송아지 고삐를 움켜잡고 길 가운데 우뚝 서있는 철남이의 모습은 그런대로 잘 어울렸다. 두 마리의 송아지는 혀를 길게 내밀고 씩씩 콧김을 뿜어대며 길가의 풀을 뜯어 먹으려고 안간힘을 썼으나 철남이는 한 발짝도 끌려가지 않고 버티고 있었다. 길옆의 풀들은 가까운 논에서 농약이 날아와 묻었기에 송아지들이 뜯어 먹게 해서는 절대 안 되었다.

"너 중학교 가면 씨름 시작할 거지?"

"씨름?"

"웅! 전에 그런다고 했잖아?"

"아, 그거시 확실한 거시 아니고……."

철남이가 말끝을 흐렸다. 그러자 뒤따라온 태석이가 씨름 대회 얘기를 들려주며 철남이를 부추겼다.

"해봐! 우리가 응원할게! 단옷날 씨름 대회에 나가서 우승하면 너도 암송아지 한 마리 생길 수 있어."

"참말?"

"그래! 참말이야. 저번에 우리 아버지한테 들었어. 앞으로 해마다 단옷날에 씨름 대회를 한대. 여자들은 그네 타기 대회를 하고."

승열이도 합세해서 적극적으로 철남이를 설득했다. 학교에서나 집에서나 늘 기를 펴지 못하고 어깨가 처진 그에게 용기를 주고 싶었다. 요천 둑에 이를 때까지 태석이와 열심히 설득하자, 철남이가 드디어 고개를 끄덕였다. 승열은 몇 차례나 확인을 한 후 아예 손가락까지 걸어 약속을 받아냈다.

요천 둑을 넘어 개울가로 내려갔다. 우선 송아지를 풀밭에 매어 두었다. 둘이서 실컷 뜯어 먹도록 멀찍이 거리를 두고 고삐를 최대한 길게 해서 말뚝에 맸다. 요천 물웅덩이에는 벌써 동네 아이들 10여 명이 먼저 와서 물놀이를 하는 중이었다. 1, 2, 3, 4, 5학년이 다 모여있었다. 웬일로 요천 건너 신평리 아이들은 한 명도 없었다. 이미 아까 와서 놀다 갔거나 늦게 올 모양이었다.

"자, 우리도 얼른 목욕하자!"

승열이가 먼저 옷을 훌렁훌렁 벗은 뒤 웅덩이로 껑충 뛰어들었다. 뒤이어 태석이가 뛰어들고, 철남이는 송아지가 풀을 뜯는 모습을 바라보며 느릿느릿 옷을 벗었다. 그러고는 천천히 걸어 웅덩이 속으로 들어왔다.

개헤엄으로 물웅덩이를 왔다 갔다 하고 후배들과 함께 패를 나눠 물싸움도 벌였다. 하지만 좀체 시원함을 느낄 수가 없었다. 시간이 흐를수록 햇볕은 더욱 뜨거워져 금세 목과 등이 후끈후끈했다. 머리는 더욱 뜨거워 수시로 물을 뿌려야만 했다.

"야, 우리 그거 하자!"

"좋아!"

승열이의 제안이 철남이와 태석이가 동시에 대답했다. 자신이 있다는 듯 우렁찬 목소리였다.

"준비됐지? 하나, 둘, 셋!"

셋과 동시에 세 명은 물속으로 쏙 들어갔다. 몸 전체를 물속에 담근 채 눈을 뜨고 누가 먼저 나가는지를 지켜보았다. 숨을 참느라 얼굴이 점차 일그러지며 양쪽 볼이 볼록해졌다. 그래도 지지 않으려고 기를 쓰고 버텼다. 특히 승열은 맨발로 철길 걷기 시합에서 늘 꼴찌였기에 잠수 시합만큼은 지고 싶지 않았다. 1분이 흐르고 2분이 지나 3분에 가까워지자 철남이가 먼저 물 밖으로 나갔다.

승열은 태석에게 한 걸음 바짝 다가서서 그의 표정을 살폈다. 양쪽 볼이 터질 듯이 부풀어 오른 채 우거지상을 짓고 있는 모양이 너무 우스워 웃음이 터져 나오려 했다. 태석이 역시 승열이의 우스꽝스런 얼굴에 웃음보가 터지기 일보 직전이었다. 그렇게 몇 초가 지나자 태석이도 더 이상 숨을 못 참고 물 밖으로 솟구쳤다. 승열이의 승리였다.

"난, 승열이 네 얼굴에 웃음을 참지 못해 나온 거야. 다시! 다시!"

"좋아! 다시!"

태석이의 말도 안 되는 변명에 다시 하기로 했다. 철남이도 이번에는 지지 않겠다는 듯 숨을 크게 들이쉬었다 내쉬었다를 반복하며 각오를 다졌다. 후배 아이들이 구경하려고 주변으로 하나둘 몰려들었다.

세 명은 숨을 한껏 들이쉰 다음 다시 잠수를 했다. 물속에 들어가자마자 승열은 친구 얼굴을 살피지 않고 시선을 다른 곳으로 돌렸다. 숨을 참느라 얼굴이 일그러지는 모습을 보고 웃음을 터뜨리면 질 것 같아 아예 눈길을 피한 것이었다. 강한 햇빛이 비쳐져 물속은 바깥과 크게 다르지 않고 훤히 다 보였다. 바닥에 깔린 돌, 자갈, 모래는 물론 각종 물풀과 물고기들이 시야로 고스란히 들어왔다. 동그스름한 파란색 조약돌을 주울까 말까 망설이던 순간, 2미터 앞쪽에 물살을 거슬러 오르는 피라미 떼를 발견했다. 피라

30

미를 잡기 위해 얼른 두어 걸음 이동해 가장 큰 녀석을 노렸다. 피라미치고는 드물게 15센티가 넘는 크기로 무지개 빛깔의 혼인색을 띤 수컷이었다. 녀석이 물살에 밀려 뒤로 오는 순간 잽싸게 팔을 뻗었다. 그러나 실패였다. 몸놀림이 어찌나 빠른지 팔을 다 뻗기도 전에 도망치고 말았다. 다시 돌아오기를 기다렸지만 녀석은 좀체 돌아오지 않았다. 그 사이 승열은 더 이상 숨을 참지 못하고 물 밖으로 나오고 말았다. 태석이와 거의 동시였다.

"내가 또 이겼지?"

"아니야, 내가 이겼어!"

먼저 나와있던 철남이에게 판정을 부탁했으나 철남이는 쉽게 판정을 못 내리고 고개만 갸웃거렸다. 그러자 후배들이 나서 둘이 동시에 나왔다고 대답했다. 태석이가 다시 하자고 제안하자 승열은 흔쾌히 받아들였다. 잠수 시합에서만큼은 태석이를 꼭 이기고 싶었고, 또 한 가지 선명한 무지개 색을 띤 수컷 피라미를 잡고 싶은 욕심도 있었다. 햇빛에 은색 비늘을 반짝거리며 날렵하게 움직이는 모양이 너무 매혹적이었다.

"자! 그럼 이번에는 내가 심판을 확실하게 볼랑게, 준비햐!"

철남이에게 심판을 맡기고 승열과 태석은 잠수할 태세를 갖췄다. 어금니를 앙다물고 상대를 바라보며 두어 차례 호흡 조절을 했다.

"하나, 둘,"

철남이가 막 셋을 세려는 찰나였다. 둑방에서 누군가가 크게 소리쳤다.

"철남아!"

철남이를 부르는 소리였다. 모두 반사적으로 그쪽으로 고개를 돌렸다. 둑길, 나란히 서있는 키 큰 미루나무 두 그루 사이에 철남이누나의 모습이 보였다. 둑 밑의 풀밭에 매어놓았던 끝열이가 어느사이 거기까지 올라가 풀을 뜯는 중이었다.

"철남아, 언능 나와! 언능!"

"와?"

"아, 언능 나오라고."

집에 불이라도 났는지 손짓까지 해가며 부르다가 철남이 누나는다시 둑길 너머로 사라져버렸다.

마을은 물론 주변 들판과 동산까지 온통 안개에 잠겨있었다. 아직 아침 안개가 다 걷히지 않았기 때문이었다. 자욱한 안개를 뚫고딸랑이는 요령 소리가 먼저 들려왔고 곧 구슬픈 상여 소리가 뒤를이었다.

마을 앞산 진달래야 꽃 진다고 서러 마라

너는 명년 춘삼월에 새로 피어 곱겠지만

나는 가면 못 오나니 이내 한을 어이할꼬

낭랑한 요령 소리와 구슬픈 상여 소리는 동일한 곡조로 오랫동안 반복되었다. 승열은 태석이와 함께 마을 앞길을 돌아 구름재 너머 멀리 문덕산으로 가고 있는 꽃상여 뒤를 따랐다. 상복 차림의 철남이가 상여 앞에서 할아버지 영정을 들고 걷고 있었지만 어른들이 말려 그의 옆으로 갈 수는 없었다. 가장 앞에 울긋불긋한 만장기를 든 20여 명의 청년들 옆으로도 갈 수가 없어 상여 행렬 맨 뒤에 서고 말았다.

꽃상여 뒤를 따르는 사람들은 친척들을 빼고도 100명이 넘었다. 읍내에서는 물론 각 면과 인근 군에서 몰려온 문상객들이었다.

"올해 연세가 일흔다섯이시지?"

"그렇지! 오랫동안 병석에 누워계시더니 기어코 떠나시는구만!"

문상객들이 나누는 대화 소리가 귀로 들어왔다. 철남이 할아버지는 해방 전 남원읍에서 3·1만세운동에 참가했던 인물이었다. 일본 순사들의 강경 진압에도 달아나지 않고 끝까지 버텼다고 마을 어른들이 말해줬다. 그 바람에 주재소에 끌려가 한 달이나 혹독한 고문에 시달려 반신불수가 되었다는 설명이었다. 이후 수십 년간 할아버지 병 치료를 위해 논밭을 팔아서 철남이네가 가난하게 되었다는 소리도 들었다. 황소가 끄는 이장 아저씨네 달구지에 실

려 읍내 동림의원으로 치료받으러 가는 철남이 할아버지를 몇 번
본 적도 있었다.

　꽃상여가 구름재 정상에 올라서야 안개가 다 걷히고 햇살이 쏟
아져 내리기 시작했다. 상여꾼들이 상여를 산길에 내려놓고 쉬는
사이 승열과 태석이도 굽은 소나무 밑 그늘에 앉아 땀을 식혔다.
재 아래로는 금지면 도산리, 입암리, 옹정리 들판과 구불구불 흘러
섬진강으로 이어지는 요천이 한눈에 내려다보였다. 요천 건너 멀리
견두산 뒤쪽으로는 지리산의 천왕봉까지 시야에 잡혔다.

　"국밥 좀 먹었냐?"

　태석이하고 둘이 아스라이 보이는 먼 산 풍경에 빠져있을 때, 거
친 삼베로 지은 상복을 입고 굴건까지 쓴 철남이가 다가와서 물
었다. 철남이 눈가에 눈물 마른 자국을 보자 승열은 콧등이 시큰
해지고 눈시울이 뜨거워졌다. 하지만 무어라 위로의 말도 건네지
못한 채 그저 어색한 미소를 지어 보였다. 태석이 역시도 마찬가
지였다. 잠시 침묵이 이어진 후, 한 줄기 산바람이 그들 사이로 지
나가고 나자 숲 속 어딘가에서 꾀꼬리 소리가 요란스레 들려왔다.
돌아보니 한 쌍의 노란 꾀꼬리가 상여 행렬임을 아는지 모르는지
떡갈나무와 박달나무 사이를 바쁘게 오가며 장난을 치고 있었다.
승열은 돌멩이를 하나 집어 꾀꼬리를 향해 힘껏 던졌다.

3

제비꽃 전설

오늘 아침, 집 뒤뜰 감나무 꼭대기에 까치밥으로 남긴 서너 개 홍시에 첫 서리가 내렸다. 서리를 맞은 홍시는 색깔이 한층 더 선명해져 저녁마다 서쪽 문덕산 삿갓봉에 걸리는 노을 같았다. 선홍빛 색깔이 누나의 비단 댕기처럼 고왔다. 그 때문인지는 몰라도 까치들이 앞다퉈 날아와 홍시를 쪼아 먹었다. 서로 먹겠다고 깍깍거리는 소리에 귀가 따가웠다. 승열은 책보를 어깨에 둘러메고도 까치들의 홍시 다툼을 뒤돌아보며 등굣길에 올랐다.

저녁때 집에 돌아와 보니 마루 밑에 못 보던 신발이 놓여있었다. 부엌으로 가 술상을 차리고 있는 엄마에게 물었다.

"엄마, 누가 오셨어?"

"그래! 멀리서 손님이 오셨다."

"멀리서 손님이? 누구?"

"임실에서 작은누나 중신애비가 왔단다."

임실에 사는 사람이 몇 달 전 철남이 할아버지 장삿날 문상을 왔다가 상가 음식 만드는 걸 돕고 있던 작은누나를 살펴보았다는 것이었다. 그러고는 돌아가서 신랑감 집에 얘기를 했었는데, 가을 추수를 마치고 오느라 이제야 방문하게 되었다는 설명이었다. 그 말을 들으니 반갑기도 하고 슬프기도 하고, 기분이 참 묘했다.

"작은누나는?

"안방에서 어른들 얘기 듣고 있지!"

누나 방인 윗방으로 가만가만 들어가서 벽에 뺨을 바짝 대고 안방에 귀를 기울였다. 말소리는 들렸으나 무슨 말인지 알 수가 없었다. 간간이 누나 목소리도 났지만 짤막하게 대답하는 소리였다. 벽에서 귀를 떼고 분 향기가 은은히 풍기는 누나 방을 살펴보았다. 검은 옷칠을 한 투박한 옷 궤짝, 낡은 함색경(한 칸짜리 서랍과 접이식 화장용 거울이 붙어있는 소형 나무상자), 박가분, 동동구루무, 참 빗 등등 소소한 것들 모두에서 작은누나의 체취가 묻어났다. 특히 반짇고리 옆에 놓인 동그란 수틀이 오랫동안 시선을 잡았다. 작은 누나는 틈틈이 오색실로 이불보, 베갯잇, 손수건 등에 수를 놓았었다. 호롱불 옆에 앉아 바늘을 위아래로 수백 번 움직이고 나면 신기하게도 개나리꽃, 진달래꽃, 제비꽃이 피어났고 때론 활을 들고 있는 아기 큐피드나 노란 병아리 떼가 생겨나기도 했다.

이 제비꽃은 이름도 많고 전설도 많아! 겨울 나러 갔던 제비가 돌아오는 무렵에 꽃이 핀다고 제비꽃이라 불린다고도 하고, 꽃의 모양과 빛깔이 제비를 닮아서 제비꽃이라는 이름이 붙었다고도 하고, 또 오랑캐꽃이라는 이름도 있는데 옛날 이 꽃이 필 무렵에 오랑캐가 자주 쳐들어와서 그렇게 붙였다고도 하고, 꽃의 생김새가 오랑캐의 머리채를 닮아서 그렇게 부른다는 말도 있어!

누나는 수를 놓으면서 마치 할머니가 옛날이야기를 하듯 꽃에 관한 전설도 재미있게 들려주었다.

옛날 그리스 시대에 아티스라는 양치기 소년이 있었는데, 아주 아름답고 예쁜 소녀 이아를 사랑했어! 그러나 이아를 귀여워했던 미의 여신 비너스는 이들의 사랑을 못마땅하게 생각했지. 그래서 자기 아들인 큐피드에게 황금 화살과 납 화살을 주며 이아와 아티스를 쏘게 했어! 이아에게는 사랑이 더욱 불붙게 하는 황금 화살을, 아티스에게는 사랑을 잊게 하는 납 화살을 쏘게 했던 거야. 그후 황금 화살을 맞은 이아가 못 견디게 그리운 아티스를 찾아갔는데, 납 화살을 맞은 아티스는 사랑을 잊어 이아를 모르는 척 거들 떠보지도 않았어! 그 때문에 이아는 크게 상심을 해서 매일매일 야위어가다가 끝내는 죽고 말았지. 그제야 비로소 비너스는 죄책감을 느껴 이아를 작은 꽃이 되게 했는데, 그 꽃이 바로 제비꽃이었대!

나이 차이가 너무 많이 나고 오래전에 시집을 간 큰누나와는 달리 작은누나는 집안 살림을 도우면서도 늘 살뜰하게 챙겨주어 정이 많이 들었었다. 그런데 곧 시집을 가게 돼 헤어져야 하다니? 두 눈에 눈물이 고이기 시작했다.

승열은 철남이와 태석이랑 지게를 지고 뒷동산에 올랐다. 세 명은 각자 낫으로 삭정이만 골라 잘라서 대충 나무 한 짐을 해놓은 뒤, 무덤이 몰려있는 곳으로 가서 쉬었다. 승열이 선조들의 무덤으로 잔디가 무성하고 터가 넓어 종종 올라와서 노는 곳이었다.

"여기는 증조할아버지 할머니 무덤이고, 저 위가 고조할아버지 할머니 무덤이야. 저 아래는 할아버지 할머니……. 나중에 나도 죽으면 저 밑 어디쯤에 묻힌다더라."

"야, 최소한 70살이 넘어야 죽을 틴데, 벌써부텀 그런 얘기를 머덜라고 허냐?"

지난여름에 돌아가신 할아버지 생각이 나는지 철남이가 이맛살을 접고 퉁명스레 말했다.

"너도 죽으면 산에 묻힐 거잖아?"

"그야 그렇겠지만, 내는 죽는 얘기 하는 거 싫다!"

"그래. 죽는 얘기 하지 말자!"

태석이까지 그렇게 나오자 승열은 입을 닫고 마을을 내려다보았다. 50여 호의 초가집들로 이루어진 옹정리가 바구니에 담아놓은 계란처럼 옹기종기 모여있었다. 바람에 흔들리는 어린 소나무들 사이로 마을 앞 논들도 훤히 보였다. 가을걷이가 끝나 텅텅 비긴 했지만 모양과 색깔이 조금씩 다른 논들은 각양각색의 담요를 잇대어 꿰매놓은 미술 작품 같았다. 논마다 한두 개씩 쌓아놓은 볏짚더미는 겨우내 소들의 먹이로 쓰일 것이었다. 끝열이도 작두로 자른 볏짚과 쌀겨를 넣고 끓인 소죽을 맛있게 잘도 먹었다. 끝열이가 무럭무럭 자라고 있는 걸 보면 가슴이 뿌듯해지며 어서 빨리 국민학교, 중학교를 졸업하고 고등학생이 되고 싶었다.

"참, 승열아! 너네 작은누나 중매 들어왔다며?"

끝열이 생각하느라 기분이 좋았었는데 태석이가 작은누나 얘기를 꺼내는 바람에 시무룩해지고 말았다.

"웅! 며칠 전에. 근데 벌써 소문이 났어?"

"동네 사람덜 다 알더라. 혼례는 은제 올린대냐?"

철남이가 얼굴을 바짝 들이대고 대답을 기다렸다. 승열이 작은누나보다 자기 작은누나가 두 살이나 더 많은데, 여태 중매 한 번 들어오지 않아 아쉽다는 눈빛이었다.

"우리 집 사정이 여의치 않아서 날짜는 아직 안 잡았고, 내년 가을쯤에 날을 택해 한다더라."

"어디로 가는데?"

"임실로 간다. 매형 될 사람이 누에 농사를 크게 짓는다더라."

친구들이 묻지 않았는데도 승열은 엄마한테 전해들은 매형 될 사람에 대해 은근히 자랑을 해댔다. 보지도 않았는데 키도 크고 덩치도 좋고, 게다가 잘생기고 집안도 부자라며 약간 과장을 해서 설명했다. 하지만 마음이 여전히 편하지 않았다. 생각하지 않으려고 애를 써도 누나가 떠나가는 모습이 자꾸 눈앞에 어른거렸다. 며칠 전, 집에 왔던 중신아비가 돌아갈 때는 너무 미워서 인사도 하지 않았었다. 그리고 작은누나에게 시집가지 말라고 애원했으나 누나는 아무 대답도 않고 입가에 수줍은 미소를 띤 채 수놓기에만 열중했었다.

"이제 내려가자! 나, 끝열이 죽 끓여줘야 돼!"

일어나 엉덩이에 붙은 검불을 털었다. 마을 앞 벌판에서 바람이 불어 올라와 무덤가에 떨어져 쌓인 낙엽들을 휩쓸어갔다.

해가 바뀌고 설이 지나 졸업식 날이 되었다. 식장이 완전 눈물바다였다. 여자아이들이 먼저 훌쩍거리기 시작하자 남자아이들도 한 명 두 명 따라 울더니 급기야는 177명 졸업생 전체가 통곡을 해 댔다. 심지어는 후배들까지도 울음에 합류해 운동장이 곡소리로 진동을 했다. 울음은 어린이 회장의 답사가 끝나고 졸업식 노래 제 창이 이어지자 절정에 이르러 아예 대성통곡으로 변했다. 울음소 리가 어찌나 큰지 상갓집을 한 스무 집 모아놓은 것 같았다.

"잘 있거라 아우들아 정든 교실아 선생님 저희들은 물러갑니다. 부지런히 더 배우고 얼른 자라서 새 나라의 새 일꾼이 되겠습니다."

승열이도 흐르는 눈물을 주체할 수 없어서 옷소매로 연신 눈물 을 닦아내며 겨우겨우 노래를 불렀다.

아버지, 어머니, 작은누나, 형이 꽃다발을 사 들고 와서 축하를 해주었다. 모두 승열이의 졸업장, 우등상장, 6년 개근상장을 돌려 보며 기뻐했다. 특히 형은 6년 개근상의 부상으로 받은 두꺼운 영 어사전을 만져보면서 영어 단어를 많이 외워야 한다고 훈수를 놓 았다.

친구 사태석은 최우등 졸업생으로 뽑혀 교육장상을 수상해 부모 님과 형제들은 물론 친척들까지 무려 30여 명이 몰려와 축하 잔치 를 펼쳤다. 하지만 배철남은 아무 상도 받지 못해 승열은 공연히 미 안했다. 저녁에 태석이하고 둘이 과자라도 좀 사가지고 위로를 해줘 야 될 것 같았다.

그렇게 눈물바다의 졸업식이 끝나고 다음 날 승열, 태석, 철남은 이장 아저씨의 소달구지를 얻어 타고 엄마들과 함께 남원 읍내로 나가 중학교 교복을 맞췄다. 그리고 책가방과 신발도 구입했다. 책보가 아닌 책가방과, 고무신이 아닌 운동화를 안고 돌아오는 길 내내 찬바람이 옷깃을 여미게 했지만 승열은 가슴이 벅찼다. 며칠 있으면 중학생이 된다는 생각에 괜히 기분이 좋아져 덜컹거리는 달구지 소리가 풍금 반주 소리처럼 들리고 콧노래가 절로 나왔다. 중학교에 가면 무언가 새롭고 흥미 있는 일이 생길 것만 같았다.

다가오는 중학교 입학식 날을 헤아리며 세 명은 들뜬 마음으로 하루하루를 보냈다. 그러다 보니 정월 대보름날이 되었다. 날씨는 좋았다. 한겨울 날씨치고는 포근한 편이었다. 게다가 하늘은 맑았고 바람마저 불지 않았다. 설날 나흘 전에 내린 폭설로 산이며 들판에 흰 눈이 두껍게 쌓여있었지만 조금도 추위를 느끼지 못했다. 그 때문에 동네 아이들이 모조리 나와 마을 길이 미어터질 지경이었다. 마을의 안녕과 새해 농사의 풍년을 기원하는 지신밟기 구경 때문이었다.

마을에서 가장 나이가 많은 밤나무집 할머니 댁 마당에서 또 한바탕 신나게 농악놀이를 하고 난 풍물패는 옹정리를 벗어나 입암리로 향했다. 옹정리를 시작으로 입암리, 서매리, 방촌리, 택내리, 신월리, 상신리, 창산리를 차례로 들러 다시 옹정리로 돌아오는 게 매년 정해진 코스였다. 무려 세 시간이나 걸리는 긴 여정이었다. 웬만

해서는 각 마을을 한꺼번에 다 돌아볼 기회가 없는 아이들은 좋아라 하고 풍물패의 뒤를 따랐다. 그들을 따라 각 마을을 돌다 보면 약과, 유과, 산자, 강정, 다식, 사탕 등을 수월찮게 얻어먹을 수 있었고 또 방학 때 보지 못했던 학교 친구도 만나고 다른 동네 구경도 할 수가 있어서였다. 징, 꽹과리, 북, 장구 소리가 한데 어우러진 신나는 농악을 들으며 떼로 몰려다니는 일 자체가 겨울철 마땅히 할 놀이가 없는 아이들에게 빼놓을 수 없는 놀잇거리였고 구경거리였다.

승열이도 친구 철남이, 태석이와 함께 일찌감치 풍물패를 따랐다. 작년 정월 보름에는 중간 마을인 신월리까지만 따라갔었지만 이번에는 끝까지 다 돌아볼 각오였다. 이제 곧 중학생이 될 텐데, 그러면 풍물패를 뒤따라 각 마을을 도는 게 눈치가 보이기 때문이었다. 풍물패 우두머리인 상쇠 아저씨가 중학생들은 뒤따르지 못하게 혼을 내었고 다른 어른들도 곱지 않은 눈치를 주곤 했었다. 중학생 이상은 밤에 있을 달집태우기 행사와 마을 대항 횃불싸움에나 참가하라고 권유했다. 중고등학교 형들과 청년들이 벌이는 횃불싸움 역시 대단한 볼거리였고, 논 가운데에 원뿔형의 초가집을 만들어놓고 동산에 대보름달이 떠오르면 불을 붙여 태우는 달집태우기 또한 장관이었다. 마을 사람들, 특히 엄마들은 몇 길 높이로 치솟는 불길을 보며 한 해 동안 가정에 액운이 없고 가족 모두가 건강, 안녕하기를 기원했다. 엄마와 누나도 매년 달집태우기에 참가해 소원을 빌었었다.

마을의 상징인 느티나무 고목에 참새 부리만 한 새잎이 돋은 게 엊그제 같은데, 그 잎이 엽전만큼 커지고, 아이 손바닥만큼 자라더니, 어느새 진녹색 색깔도 변해 노랗게 단풍이 들었다. 가을이었다. 중학생이 된 지도 벌써 9개월이나 지난 것이었다. 철남이와는 같은 1반이 되었으나 태석이는 2반이 되어 서운했지만 중학교 생활은 생각보다 그다지 힘들지 않았다. 형은 아직 1학년이라 그렇지 2, 3학년이 되면 다를 거라고 엄포를 놓았다. 승열은 단어 외우는 숙제 때문에 영어보다는 수학이 좀 더 흥미로웠다. 차분히 계산을 해서 답을 찾아내는 과정이 재미있었다. 태석이는 물론 철남이도 중학교 생활에 잘 적응했고 공부도 잘하는 편이었다.

가을 운동회 날이었다. 달리기, 축구, 배구 등이 오전에 있었고 점심을 먹은 후에는 줄다리기, 씨름, 400미터 계주 순으로 진행될 것이었다.

"철남아, 이거 많이 먹어. 많이 먹고 힘내! 네가 우승할 수 있어."

점심시간, 시원한 나무 그늘에 모여 앉았을 때 승열은 학급 대표 씨름 선수로 출전한 철남이에게 도시락밥을 덜어주었다.

"아마 힘들걸! 우리 반 대표 박현수 걔 주생국민학교 출신인데,

44

거기서 어린이 장사였대."

태석이가 초를 쳤다.

"걔가 철남이보다 키도 크고 덩치도 커. 그리고 씨름도 정식으로 배웠다더라."

"야, 왜 그런 소리를 해? 누가 이기냐는 해봐야 알지!"

승열이가 만류했으나 태석이는 입놀림을 멈추지 않았다.

"에이! 해보나 마나야. 걔는……."

"그만해! 니네 반 대표니까 걔를 응원하는 건 좋지만, 철남이를 앞에 두고 너무 하잖아?"

"그럼 내기할래?"

"내기? 좋아! 뭐 내기?"

"엽전 열 개 내기!"

4학년 때와 5학년 초까지만 해도 하굣길이나 동네에서 옛날 엽전 따먹기를 했었다. 집집마다 최소 30개는 가지고 있었던 녹슨 엽전이었다. 엽전을 손아귀에 쥐고 홀짝 맞추기를 해서 맞추면 따먹는 방식이었다. 그러다 재미가 시들해져 오랫동안 하지 않고 있었다.

"좋아!"

집에 따놓은 엽전이 50개는 있기에 흔쾌히 받아들였다.

"철남아, 네가 이길 수 있는 방법 내가 알려줄까?"

"뭔데?"

철남이가 밥을 씹다 말고 귀가 솔깃해서 태석이를 바라보았다.

"심판선생님이 안 볼 때 걔 어깨를 깨물거나 옆구리를 꼬집는 거야."

"그러면 그거 반칙이잖아?"

"반칙이면 어때? 이기면 되지!"

장난 같은 태석이의 말에 승열은 콧방귀를 내쐈다.

운동장 동쪽 구석 철봉 모래밭에서 씨름 경기가 펼쳐졌다. 1반 선수 3명, 2반 선수 3명이 반바지 차림으로 허리에 샅바를 두른 채 모래밭 양 끝에 나란히 앉았다. 응원을 하려고 아이들도 몰려와 두 패로 나뉘어졌다. 여자 반인 3반 아이들도 많이 와서 응원 준비를 했다. 그들은 2분의 1은 1반을 나머지 2분의 1은 2반을 응원하도록 되어있었다.

시합은 삼판양승제로 진행되었다. 곧 양쪽 선수 두 명씩이 차례로 겨루었다. 공교롭게도 1반 선수와 2반 선수가 각각 한 번씩 이겨서 1 : 1이었다. 이제 마지막으로 철남이가 출전할 차례였다.

"철남아, 네가 이길 수 있으니까 서두르지 말고 침착하게 해!"

씨름의 씨자도 모르는 승열은 그렇게밖에 할 말이 없었다. 하지만 틀림없이 철남이가 이기리라는 확신을 가졌다. 맞은편에서는 태석이가 자기 반 대표 선수에게 무어라 귓속말을 해주고 있었다. 철남이의 약점을 노리고 집중적으로 몰아붙이라는 소리로 추정되었다.

모래밭으로 나온 두 선수가 무릎을 꿇고 샅바를 잡은 뒤 드디어 몸을 일으켰다. 곧 심판선생님의 호루라기가 울렸다. 두 선수는 천천히 우측으로 돌며 서로 탐색전을 벌이더니 철남이가 먼저 안다리후리기로 선제공격을 했다. 기습 공격을 당한 현수는 넘어질 듯 넘어질 듯하다가, 되받아 돌려치기로 눈 깜짝할 사이에 먼저 한 판을 따냈다.

"역시 현수가 한 수 위지!"

태석이가 좋아하며 고삐 풀린 송아지처럼 껑충껑충 뛰었다.

"철남아, 괜찮아! 아직 기회가 있어. 서두르지 말고 침착하게 해!"

우쭐해진 현수는 두 번째 판이 시작되자마자 여유를 주지 않고 계속 철남이를 공격했다. 안다리걸기, 허리치기, 잡치기, 들배지기 등등의 다양하고도 현란한 기술로 조금도 공격의 고삐를 늦추지 않았다. 그런 현수의 연속 공격을 호미걸이, 빗장걸이, 밀어치기 등으로 힘겹게 버텨내며 반격의 기회를 노리고 있던 철남이는 현수가 앞무릎치기를 시도하려는 찰나 바깥다리후리기로 현수를 모래판에 멋지게 눕히고 말았다.

"잘했어, 철남아! 바로 그거야, 그거!"

정식으로 씨름을 배워본 적이 없기에 어설픈 기술이었지만 아무튼 소질이 있어 보였다.

이제 세 번째 판이 시작되었다. 결승전답게 1승 1패로, 빙 둘러서서 구경을 하는 모든 학생들의 손바닥에는 땀이 줄줄 흘렀다. 선생님들도 흐뭇한 표정으로 씨름판을 지켜보고 있었다. 샅바를 잡고 일어선 두 선수는 잠시 가만히 서서 움직이질 않았다. 섣불리 공격했다가는 오히려 역습을 당할 수도 있기에 팽팽한 신경전을 펼치는 것이었다.

그렇게 얼마간을 움직임 없이 서있던 두 선수가 이번에는 왼쪽으로 한참을 돌았다. 그러다 무슨 허점을 발견했는지 현수가 번개 같은 왼배지기로 철남이를 공격했다. 그러나 철남이도 지지 않고 맞배지기로 버텼다. 서로 밀고 밀리기가 한참이나 계속되었다. 현수의 지능적인 공격에 아슬아슬한 위기를 몇 차례 넘긴 철남이는 힘이 다 빠져 가쁜 숨을 몰아쉬었다. 마치 밭갈이에 지친 암소 같았다.

"박현수 이겨라!"

"배철남 이겨라!"

양측의 응원 함성이 나뭇가지를 흔들며 운동장 상공으로 울려퍼졌다. 2, 3학년 선배들도 몰려와 응원에 합류하자 함성 소리는 더욱 커져 학교 지붕이 들썩거릴 정도였다.

날카롭고 재빠른 연속 공격을 철남이가 넘어질 듯 넘어질 듯하면서 번번이 버텨내자 현수도 힘이 빠졌는지 더 이상 움직이지 않고 맞잡고만 있었다. 숨을 고르며 마지막 공격을 시도하려는 게 분명했다. 두 선수의 몸에서는 땀이 비 오듯 흘러내려 입고 있는 반바지뿐 아니라 모래까지 축축이 젖은 상태였다.

"철남아, 조심조심! 섣불리 먼저 공격하지 말고 기회를 엿봐야 해!"

"현수야, 먼저 공격해서 얼른 끝내버려! 철남이 힘 다 빠졌어!"

잠시 후, 철남이의 샅바를 바짝 조여 잡은 현수가 왼쪽으로 철남이를 돌리는가 싶더니 갑자기 방향을 바꿔 오른쪽으로 돌렸다. 그 통에 철남이는 무릎이 꺾이며 그만 현수의 샅바를 잡은 오른손을 놓치고 말았다. 그 기회를 잃을 리 없는 현수가 잽싸게 가슴으로 철남이의 등을 덮친 자세를 취해버렸다. 철남이를 위에 찍어 누르는 매우 유리한 자세였다. 철남이는 꼼짝을 못 하고 박현수의 공격을 기다려야 하는 입장이 되었다. 한쪽 손을 놓쳤고 현수의 몸무게와 힘에 눌려 무릎도 굽은 자세라 방어하기도 여의치 않았다. 게다가 철남이의 가슴이 조금씩 조금씩 모래밭을 향해 내려가고 있어서 곧 그대로 짜부라질 지경이었다. 누가 봐도 절망적인 상황이었다.

"박현수!"

"박현수!"

이제 아이들은 일방적으로 박현수를 응원했다. 승열이 혼자서 옆으로 돌아 나오라고 외쳤으나 공허한 메아리에 불과했다. 이미 힘이 다 빠져버린 철남이에게 그것은 불가능한 일이었다. 승열이도 철남이의 패배를 인정하지 않을 수 없었다. 그만큼 버텨낸 것도 대단한 일이었다.

"이얏!"

그런데 바로 그때였다. 밑에 눌려 일방적으로 당하고 있던 철남이가 갑자기 고함을 내질렀다. 그와 동시에 굽었던 허리를 빠르게 펴면서 위에서 누르고 있던 현수를 보기 좋게 넘겨버렸다. 현수는 꼼짝도 못하고 반원형을 그리며 철남이의 등 뒤로 넘어가 모래밭에 꿍 떨어지고 말았다. 바로 씨름의 꽃이라는 자반뒤집기 기술에 당한 것이었다. 코앞에서 직접 보고도 못 믿을 기적 같은 일이었다. 후년이나 후후년 단오 씨름장에서 우승해 신작로로 송아지를 몰고 오는 철남이의 모습이 또렷이 나타났다.

해방이 되기 전 일제시대 때는 우리 민속놀이 억제정책으로 씨름을 탄압했다고 들었기에 승열은 특히 철남이가 씨름 선수로 유명해지기를 빌었다. 반면에 태석이는 기가 팍 죽어 똥 씹은 표정으로 서있었다.

"야, 사태석!"

승열은 태석이를 불러놓고 양손을 가슴 높이로 들어 열 손가락을 쫙 펴 보였다. 엽전 열 개를 받아서 다섯 개는 철남이한테 줄 작정이었다. 그러나 태석이는 겨우 손가락 세 개를 펴 대답한 뒤 몸을 돌려 교실 쪽으로 뛰어갔다. 쫓아가서 따질까 하다가 내버려두었다. 집에 엽전이 많이 있기에 굳이 받지 않아도 상관없었다. 철남이가 우승했다는 사실이 엽전보다 훨씬 뜻깊고 중요했다.

4

오작교 사건

    3학년이 되자 승열은 금세 지나가 버린 2학년이 아쉬웠다. 3학년이 되었다는 중압감에 자꾸 2학년을 제대로 보내지 못한 것에 대한 후회를 했다. 상위권에 진입해놓고 3학년이 되었어야 했는데, 겨우 중상 부근에서 맴돌다가 끝을 내고 말았다. 3학년 올라와 첫 시험인 지난주 중간고사 역시 잘 본 것 같지 않았다. 겨울방학 때 공부를 좀 해서 3월과 4월의 월말고사는 괜찮았다. 하지만 정작 성적기록부에 올라가는 중간고사를 못 봤으니, 한숨이 연거푸 새어 나왔다.

사랑채 부엌 가마솥에다 소죽을 끓여 외양간으로 가져갔다. 끝열이가 냄새를 맡고 머리를 흔들어 딸랑딸랑 워낭 소리를 냈다. 배가 몹시 고팠다는 의미였다. 끝열이는 이제 어른이 되고 새끼까지 가져 배가 불룩했다. 아버지가 다음 달 초순에 낳을 거라 했으니까 앞으로 20일이면 송아지를 볼 수 있었다.

"자, 많이 먹고 건강한 새끼를 낳아!"

소죽을 통나무를 파서 만든 길쭉한 구유에 쏟아주자 허겁지겁 먹어댔다. 끝열이 때문에 그나마 침울했던 기분이 많이 풀어졌다. 내일이 지나고 모레부터는 마음을 다잡고 좀 더 열심히 공부하리라 각오를 다졌다.

안채 부엌에서는 엄마가 저녁상을 차리는 중이었다. 작은누나가 없어 부엌일은 오로지 엄마 혼자 도맡아야 했다. 아침 일찍부터 저녁 늦게까지 논일과 밭일에 지친 엄마가 가여웠다. 마른 몸에 새까맣게 탄 얼굴, 배나 늘어난 흰 머리카락과 잔주름, 이따금 무릎을 주무르고 허리를 두드리며 내뱉는 신음 소리. 오늘따라 엄마가 부쩍 늙어 보여 가슴이 짠했다.

"엄마, 내가 도와줘?"

"네가 뭘 도와? 남자가 부엌일을."

"남자라고 부엌일 못 돕나?"

"남자가 할 일 따로 있고, 여자가 할 일 따로 있는 거야. 남자는 큰일을 해야지!"

별수 없이 옆에서 엄마가 상 차리는 모습을 멀뚱멀뚱 지켜보았다. 그러다가 밥상에 시래기 된장국이 올려지고 나서 한마디 했다.

"엄마, 내가 고등학교 졸업하면 좋은 데 취직해서 엄마 편하게 살게 해줄게!"

"그러면 앞으로 넉넉잡고 4년만 기다리면 되겠네?"

"응! 4년! 4년만 있으면 엄마 고생 끝이야, 끝! 참, 엄마! 내일 알지?"

"알고 있어! 내일 일찍 일어나서 준비할게!"

학교 운동장에 모여 막 출발을 하려는 순간이었다. 아침부터 흐릿하던 하늘이 기어코 비를 뿌리기 시작했다. 매년 소풍날만 되면 비가 온다며 여기저기서 학생들이 불평하는 목소리가 튀어나왔다. 어제 저녁에 노을이 고왔는데 아침에 웬 비냐고 선생님들도 하늘을 바라보며 투덜거렸다. 빗방울이 꽤 굵었다. 후드득! 후드득! 마치 대추가 한꺼번에 떨어지는 듯한 소리가 운동장에 가득 찼다. 이내 땅바닥에 빗방울 자국이 빼곡하게 생겨났다. 점점이 나타나는 모양새가 동네 할아버지, 할머니 얼굴에 핀 검버섯 같았다. 아이들은 가지도 못하고 서있지도 못하고, 엉거주춤한 자세로 선생님들을 바라보았다.

"어쩌지요? 일단 교실로 들여보낼까요?"

"글쎄요! 차라리 집으로 보내는 게……."

선생님들이 선뜻 결정을 못 내리고 있는 사이에도 빗방울은 모자와 어깨를 연속해서 때려댔다. 마치 총알 세례라도 받는 기분이었다.

"많이 올 것 같진 않은데. 애들 의견을 들어봅시다."

3학년 주임선생님이 앞으로 나섰다.

"야, 너희들! 어떡할래? 집으로 돌아갈래? 비 와도 그냥 소풍 갈래?"

"집에 보내줘요!"

"아니에요. 그냥 소풍 가요!"

아이들의 의견이 나뉘어 소란스러웠다. 비가 더 내리기 전에 얼른 집으로 가자, 교실에 들어가 김밥이나 먹고 가자, 비 좀 맞는다고 사람이 죽느냐, 비 맞으며 소풍을 가는 것도 좋은 추억이 될 거다 등등. 도떼기시장을 방불케 했다.

결국 손을 들어 다수결로 결정하기로 했다. 승열은 그냥 계획대로 소풍을 가자는 쪽에 손을 들었다. 다행히 승열이와 같은 의견을 표시한 학생이 10여 명 더 많았다.

"자, 출발!"

여학생 반인 3반이 앞장서고 남학생 반인 2반과 1반이 그 뒤를 따랐다. 두 줄로 교문을 나서 좌측으로 방향을 틀고 북쪽으로 올랐다. 길 가장자리를 따라 질서 정연히 걸음을 옮겼다. 목적지까지는 약 15리로 1시간 20분 정도면 도착할 것이었다. 어머니를 따라 읍내 장에 몇 번 갔다 온 적이 있어서 익숙한 길이었고, 국민학교 5학년 봄에 이미 소풍을 갔었던 곳이었다.

비가 추적추적 내려 불편했으나 그 대신 좋은 점도 있었다. 차량이 어쩌다 지나가도 흙먼지가 일지 않았다. 좋은 날씨였다면 차량이 지날 때마다 매번 흙먼지를 뒤집어쓰며 가야 하는 길이었다.

처음에는 질서가 정연하던 대열이 점점 흐트러지는가 싶더니 나중에는 반 구분이 없어지고 말았다. 자연스럽게 친한 친구들끼리 삼삼오오 어울려 그룹 단위로 걸었다. 선생님들도 뭐라 하지 않고 내버려두었다. 승열이도 철남이, 태석이와 셋이 나란히 걸으며 이야기를 나눴다. 주로 고등학교 진학에 관한 얘기였다.

"이번 봄 소풍 끝나면 본격적으로 진학 공부 시킨다고 했지?"

"응! 수업 시간을 세 시간 더 연장한댔어. 그러면 밤 아홉 시에 끝날 텐데."

정규 수업을 마치면 고등학교에 진학할 학생들만 별도로 모아 집중 학습을 시킨다고 이미 예고되어있었다.

"저 앞에 여자애들, 재잘재잘 참 잘도 떠든다야."

진학 얘기가 나오자 철남이가 슬쩍 말머리를 돌렸다. 철남이는 가정 형편상 진학하기가 어렵기에 집중 학습 얘기를 듣기 싫어했다. 본인은 씨름부가 있는 남원농고를 원했지만 집에서 허락을 해주지 않고 있었다.

중간쯤 갔을 때부터 빗줄기는 차츰 가늘어지기 시작했다. 그러더니 남원읍에 들어서 광한루 입구에 도착하자 거의 그치고 말았다. 안개비로 변해 가까운 야산 골짜기에서는 연막을 뿜는 것처럼 희뿌연 안개가 뭉실뭉실 피어올랐다.

광한루 안으로 들어가자 소풍 온 학생들이 바글바글했다. 갑작스럽게 내린 비에 남원읍에 있는 몇몇 학교들이 모두 광한루로 모여든 것이었다. 남원중, 남원여중 등 남학교, 여학교가 한꺼번에 몰려들어 광한루가 미어터질 지경이었다. 안개비를 피할 수 있는 좋은 장소는 이미 다른 학교에서 차지했고 승열이네 학교는 구석진 곳에 겨우 자리를 잡았다. 그나마 다행인 것은 승열이네는 면 소재지의 작은 중학교로 3학년 3개 반만 온 것이라 그다지 넓은 장소가 필요하지 않다는 점이었다. 그래도 비 때문에 땅바닥이 젖어서 앉아 쉴 만한 곳은 못 되었다.

그냥 장승처럼 늘어서서 시간만 잡아먹을 수는 없다며 인솔 선생님이 간단한 놀이라도 하자는 제안을 했다. 아이들이 다른 학교 학생들이 하는 놀이를 멀뚱멀뚱 바라만 보고 서있는 게 보기 싫었던 모양이었다. 곧 기와 담장 밑에 세 개 반이 옹색하게 둘러앉아 장기자랑을 펼치기로 했다. 경사진 잔디 둔덕을 무대 삼아 반 대항 경연으로 상품은 학용품이었다. 1반 대표 두 명이 나와서 합창으로 음악 교과서에 나오는 '봉선화'를 불렀다. 울 밑에 선 봉선화야 네 모양이 처량하다 길고 긴 날 여름철에……. 다른 학교 학생들을 의식해서 목소리가 기어들어 갔고 고음이 잘 올라가지 않아 밍밍했다.

2반이 대표를 선발하는 사이에 3반이 먼저 무대에 올랐다. 3반 여학생 세 명이 나와 나란히 서서 수줍게 웃음을 짓더니 드디어 노래를 시작했다. 정면을 보지 않고 몸을 비스듬히 돌려 광한루 지붕을 응시한 채 조용조용 불렀다. 봄 처녀 제 오시네 새 풀 옷을 입으셨네 하얀 구름 너울 쓰고 진주 이슬 신으셨네……. '봄 처녀'로 대응을 했으나 마찬가지였다. 마치 시를 읊조리듯 중얼거리기만 했을 뿐 노래답지가 않았다. 보슬비가 소리도 없이 이별 슬픈 부산 정거장 잘 가세요 잘 있어요 눈물의 기적이 운다……. 뒤이어 2반 반장이 대표로 나가서 어른들의 유행가인 '이별의 부산 정거장'을 불렀으나 후반부 가사를 잊어버려 망신만 당하고 내려왔다.

두 순배의 대항이 더 이어졌지만 좀체 분위기가 고조되지 않았다. 대다수 아이들의 반응이 시큰둥했고 이탈을 해서 다른 학교 놀이를 구경하는 아이들도 여럿이나 있었다. 시간이 흐를수록 그

숫자는 점점 더 많아졌다.

"야, 우리 금지중학교 학생들 왜 이러냐? 분위기 확실히 띄워놓을 사람 없어!"

주위 의식하지 않고 거침없이 놀고 있는 다른 학교 학생들의 기세에 눌려 아이들이 제대로 놀지 못하자 인솔 선생님이 호통을 쳤다.

"이런 촌놈들! 놀 때는 화끈하게 놀아야 돼!"

인솔 선생님이 분위기 띄울 자신이 있는 사람 나오라고 또 독촉을 해댔다. 상품으로 내건 학용품을 반이나 주겠다며 유혹을 했다. 공책, 연필, 필통, 지우개 등을 일일이 들어 보이면서 아이들을 둘러보았다.

"아따! 저거 반이면 1년 치는 되겠다."

"돈으로 치면 얼마냐?"

"네가 나가봐!"

승열이와 태석이는 철남이를 떠밀었다. 작년에 요천에서 미역을 감을 때 흥이 올라 신나게 춤을 추며 노래하는 모습을 보았기 때문이었다. 광주 친척집에서 얻어 온 구닥다리 라디오를 듣고 배웠다는 것이었다.

"나 못혀! 싫어!"

그러나 철남이는 손사래를 치며 뒤로 뺐다. 동네 친구들 앞이라면 몰라도 학교 아이들 앞에서는 용기가 나지 않는 모양이었다. 더욱이 다른 학교 여학생들까지 있으니 주눅이 들어 나서지 못했다.

"못하긴 뭘 못해? 우리 앞에서 할 때처럼 하면 돼!"

도망가려는 철남이를 태석이가 잡아서 앞으로 떠밀었다. 그 바람에 철남이는 본인의 뜻과 다르게 무대로 서너 걸음 밀려가서 엉거주춤 섰다.

철남이가 놀란 토끼가 되어 도로 나오려는 순간 승열이가 크게 소리쳤다.

"선생님, 철남이가 분위기 띄워본대요."

"어, 그래? 좋아! 한번 해봐!"

아이들이 박수를 치고 환호성을 울렸다. 진퇴양난이 된 철남이는 촌닭처럼 잠시 쭈뼛거리고 서있다가 마른침을 삼켰다.

"배철남!"

"배철남!"

승열이와 태석이는 철남이 이름을 연호하며 용기를 불어넣어 주었다. 그러자 다른 아이들도 모두 따라서 철남이 이름을 불러댔다.

도저히 빠져나갈 수 없다는 걸 느꼈는지 드디어 철남이가 마른침을 한 번 더 삼키고 교복 바지를 추어올렸다. 그리고 곧 다리를 구부려 자세를 약간 낮추고 한쪽 발을 앞으로 조금 내민 폼을 취했다. 거기에 두 팔을 옆으로 적당히 벌려 ㄴ자 모양을 만들고 움직임을 시작했다. 양손 손가락을 튕겨 딱딱 소리를 내고 몸을 좌우로 번갈아 비틀면서 추는 트위스트였다. 요란스레 돌리는 허리와 방정스레 흔드는 엉덩이가 보자마자 웃음을 자아냈다. 더욱이 앞으로 살짝 내민 한쪽 발로 마치 담배꽁초를 비벼 끄는 것 같은 동작을 추가하자 아이들이 배꼽을 잡았다. 그게 끝이 아니었다. 몸동작을 점점 더 빠르게 하며 입으로는 무슨 말인지 알아들을 수도 없는 외국 노래를 불러대 급기야 선생님들도 웃음을 터뜨리고 말았다.

"삐빠빠 룰라 쉬즈 마이 베이비 삐빠빠 룰라 아이 돈 민 메이비……."

표정 또한 가관이었다. 고개를 삐딱하게 기울여 얼굴이 하늘을 향하게 한 뒤 두 눈을 지그시 내리감고 눈썹을 꿈틀거렸다. 그러면서 입을 크게 벌려서 굵은 목소리로 중얼거리는 모양새가 구경꾼 모두를 포복절도케 했다.

아이들의 박수 소리에 맞춰 흥이 더욱 고조된 철남이는 무아지경이 되어 변형된 춤을 선보이며 무대를 돌았다. 몇몇 아이들이 뛰어나가 합류를 하고 나중에는 선생님들도 나서서 한바탕 트위스트 잔치가 벌어졌다. 끊임없이 이어지는 박수 소리, 웃음소리, 함성 소리에 다른 학교 학생들이 우르르 몰려와 넋을 놓고 구경했다. 30분이 넘도록 이어지던 춤 잔치는 철남이의 얼굴이 땀으로 흠뻑 젖었을 때 끝이 났다. 이후 철남이 덕에 한층 상승된 분위기에서 다시 30분 남짓 장기자랑이 이어졌고 당연히 철남이가 1등을 차지했다. 상품으로 받은 학용품을 한아름 안고 철남이는 자기 생애 최고의 날이었다며 순박한 미소를 지었다.

"거 봐! 하니까 되잖아?"

"그래도 이거 쪼깨 창피허다."

"창피하긴? 잘했어! 최고야, 최고! 다른 학교 애들까지도 우르르 몰려와서 넋을 놓고 구경했다고."

"철남아, 너 이제 남원에서 유명 인사가 됐어!"

철남이가 헤헤 웃으며 나눠주는 학용품을 받아 들고 승열이와 태석이는 입에 침이 마르도록 칭찬을 했다.

점심을 일찍 먹고 일찍 돌아가기로 선생님들이 제안하자 학생들 거의가 그러자고 합의를 보았다. 더 있어봐야 소풍 온 다른 학교 학생들에 치여 놀지도 못하고 시간만 낭비할 게 뻔해서였다. 점심 식사 시간을 포함해 두 시간의 자유 시간이 주어졌다. 두 시간 후에 그 자리에 다시 모이기로 하고 모두들 끼리끼리 흩어졌다. 승열과 철남, 태석이도 점심 먹을 장소를 찾아 광한루 경내를 한 바퀴 돌았다. 선취각, 월매집, 춘향관, 광한루, 춘향사당, 영주각, 완월정 코스를 돌아보았다. 그러나 큰 나무 아래나 누각 밑은 이미 다른 학교 학생들이 차지해버려 빈 곳이 없었다. 이곳저곳을 좀 더 둘러보다가 광한루 누각 밑으로 들어가기로 했다. 거기도 벌써 만원이었지만 비집고 들어가면 세 명이 앉을 자리는 확보할 수 있을 것도 같았다. 만약 앉을 자리가 없으면 서서 먹어도 되지 싶었다. 학교에서부터 광한루까지 먼 길을 걸어와서 배가 몹시 고팠다.

"그럼 얼른 가자! 다른 애들이 더 들어가기 전에."

"저기 오작교를 건너가야 빠르지!"

승열이가 앞장서서 연못 쪽으로 급히 이동했다. 그러나 아이들이 많아 발걸음이 그리 빠르지 못했다. 겨우 연못에 도착해 오작교에 첫발을 들여놓기까지는 시간이 10여 분이나 흘렀다. 이제 비는 완전히 그쳤지만 하늘은 여전히 흐릿했다. 남쪽 하늘 한 편에 넓게 걸려있는 먹구름은 그 형태가 마치 거대한 괴물이 다가오는 것 같았다. 수백 수천의 군사가 도열해 선 모습과도 흡사해 께름칙했다.

하늘과는 달리 연못에는 버드나무 잎에 맺혀있던 빗방울이 떨어져 동그라미가 그려지고 있었다. 잔잔한 수면에 조그맣게 생겨나는 동그라미들. 동심원이었다. 각각의 동심원들은 자신의 몸집을 키우며 조금씩 번져나가다가 어느 순간 흔적도 없이 사라져버려 연못 수면은 다시 잔잔해졌다.

연못을 건너가고 건너오는 학생들이 섞여 오작교는 더욱 북적거렸다. 남학생들은 모두 검은색 교복 차림이었고 여학생들 역시 검은색 교복에 목둘레 칼라만 흰색이라 정말 까마귀와 까치 떼 같앉다. 서로서로 뒤엉켜서 한 발짝도 전진을 할 수가 없었다. 한참 만에 조금 풀렸으나 몇 걸음 가다가 또 막히고 말았다. 그렇게 멈 췄다가 가기를 서너 차례나 반복했다.

"차라리 영주각 쪽으로 빙 돌아서 갈걸! 오작교를 건너지도 못하 고 굶어죽겠다."

태석이가 투덜거렸다. 그러면서 오작교를 건너자고 한 승열이를 힐끔 쳐다보았다. 승열이는 미안하다는 뜻으로 히죽 웃어주었다.

"또 풀렸다. 가자!"

"가다가 또 막힐걸 뭐!"

다시 길이 트여 승열과 태석, 철남은 느린 걸음으로 이동을 했다.

"남원여중 애들인가 봐!"

두어 걸음 앞에 단발머리 여학생 네 명이 가고 있었다. 검은색에 하얀 목 칼라의 교복 차림으로 천천히 앞서가고 있었다. 여학생 넷 은 무엇이 그리 재미있는지 하하 호호 웃으면서 연신 재잘거렸다. 승열과 친구들이 바짝 뒤따르고 있다는 걸 전혀 눈치채지 못하고 잠시도 입놀림을 멈추지 않았다. 여학생들의 이야기를 듣느라 승열 과 친구들은 입을 꾹 다물고 있었다.

"너희 그거 알아?"

"뭐?"

"보름달이 이 연못 속에 뜨는 밤이면 춘향이가 나타난대!"

"춘향이가? 에이 설마!"

자기들끼리 그렇다 아니다 티격태격했다.

"정말이야. 연못에 비친 보름달을 가만히 지켜보면 춘향이가 그네 타는 모습이 흐릿하게 비친대!"

"누가 그래?"

"우리 동네 할머니들이 모여서 얘기하는 거 들었어."

승열이도 예전에 할머니한테 비슷한 말을 들었던 기억이 났다. 춘향이인지 이도령인지 확실치는 않으나 보름달이 연못 중간에 이르면 물 밑에서 사람의 형상이 서서히 떠오른다는 소리였다. 동네의 다른 할머니는 그게 아니라는 말을 했었다. 만복사 아랫마을에 남몰래 사랑하며 혼인을 약속한 처녀 총각이 있었대! 그런데 새로 부임한 사또가 그 처녀의 미색을 탐해 강제로 잡아다가 첩으로 삼아버렸다는 거야. 그 처녀 부모는 논 두어 마지기를 받고 눈을 감아줬고. 하루아침에 가슴이 미어진 총각이 매일매일 찾아가 울며불며 처녀를 돌려달라고 애원하자, 그에 화가 난 사또가 총각마저 잡아서 곤장을 치고 주리를 튼 다음 손발을 묶어 그 연못에 던져버렸대! 나중에 사또는 그 처녀를 데리고 한양으로 올라갔고. 그 이후에 보름달이 뜨는 날 밤 자정이면 그 총각이 연못 위로 떠올라 처녀 이름을 구슬피 부른대. 첫닭이 울 때까지 말이야! 나는 이리 시집오기 전 친정 동네에서 그렇게 들었다고.

아무튼 이런저런 전설이 많은 연못이었다.

"저 나무 그림자가 비치는 거겠지!"

"그럼 우리 한번 와보자!"

"좋아! 보름날 밤에 와보자!"

여학생 넷은 서로 새끼손가락을 걸고 약속을 했다.

승열은 여학생들의 말을 되새기면서 연못으로 시선을 돌렸다. 연못 곳곳에는 연꽃 새싹이 삐죽삐죽 솟아나 있었다. 하지만 아직 꽃은 피지 않고 봉오리만 부풀어 촛대처럼 오른 상태였다. 연못 물 표면에 비친 하늘은 차츰차츰 어두워져갔다. 다시 비가 내릴 것 같은 짙은 회색이었다.

"맞아! 맞아!"

앞에서 손뼉까지 치며 떠드는 소리에 연못을 바라보던 승열은 시선을 다시 여학생들에게로 옮겼다. 여전히 네 명의 여학생들은 장난질을 쳐가면서 참새 떼처럼 재잘거리는 중이었다. 승열은 맨 우측에서 두 번째 여학생의 움직임을 주시했다. 유난히 웃음소리가 크고 높았고 몸동작 또한 활발했다. 누구 흉내를 내는지 팔을 과장되게 흔들고 보폭을 넓게 잡기도 했다. 그러면서 머리를 좌우로 까딱거려 단발머리가 어깨 위에서 찰랑거리게도 했다.

"야, 너 오늘 왜 그래? 창피하게. 그만해!"

두 번째 여학생의 그런 행동에 맨 우측 친구가 만류를 했다. 그러자 그 여학생이 뭐가 창피하냐며 맨 우측 여학생의 어깨를 툭 쳤다.

바로 그 순간이었다. 우측 여학생의 몸이 넘어질 듯 흔들렸다. 여학생이 자세를 바로잡으려고 했으나 오히려 다리가 얽히면서 더욱 불안정해져 상체가 연못 쪽으로 한껏 기울었다. 이미 몸의 2분의 1이 오작교 난간 바깥으로 나간 상태였다. 빠지기 일보직전이었다.

"어!"

승열은 자신도 모르게 반사적으로 다가가 여학생을 힘껏 낚아챘다. 다행히 여학생은 오작교 안쪽으로 넘어져 연못에 빠지지 않았다. 하지만 승열은 내디딘 발이 미끄러지면서 몸의 중심을 잃고 말았다. 빗물에 흠뻑 젖은 돌다리가 몹시도 미끄러웠다. 그 바람에 승열은 그만 그대로 연못 속으로 곤두박질치고 말았다. 풍덩! 소리가 유난히 크게 들렸다. 그와 동시에 수많은 물방울이 공중으로 튀어 오르고 커다란 물결이 생성돼 출렁이며 사방으로 퍼져나갔다. 물결은 곳곳에 솟아 잠들어 있는 연꽃 봉오리를 순차적으로 흔들어 깨웠다. 그러자 잠잠하던 연못이 생기가 넘쳤고, 수백 마리 비단잉어들이 나타나 마치 응원이라도 하듯 연꽃 봉오리 사이를 몰려다녔다.

승열이가 물속에서 나와 자세를 바로 잡고 헤엄을 치고 있을 때, 그 여학생은 뒤를 힐끔힐끔 돌아다보면서 저만치 가고 있었다.

"자, 내 손 잡고 올라와!"

친구들의 도움으로 승열은 가까스로 오작교 위로 올랐다. 물에 빠진 생쥐 꼴이었다. 친구들은 물론 구경하던 다른 학생들이 키득거렸다. 그 사이 그 여학생의 모습은 사라지고 없었다. 다른 많은 학생들에 묻혀서 보이지 않았다.

"이런! 나, 소풍 와서 하마터면 잉어 밥이 될 뻔했다."

"그런데 뭐 그런 애가 다 있냐? 목숨 걸고 구해줬는데 너한테 고맙다는 말도 한마디 안 하고 가버리다니!"

"그런 여자애는 가만두면 안 돼제! 찾아서 혼을 내야 돼제!"

"그만둬! 그럴 수도 있지, 뭐!"

승열은 그 여학생을 찾아내서 혼을 내주자는 친구들을 말렸다. 그런 다음 교복 상의 팔소매와 바짓가랑이를 틀어서 물기를 짜냈다. 그런 다음 연못에 떠서 빙빙 돌고 있는 모자를 건져내기 위해 셋이서 손을 연결해 잡았다. 모자를 향해 손을 내뻗으며 승열은 일렁이는 물 표면에 비친 자신의 모습을 보았다. 얼굴이 심하게 일그러지고 변형돼 도무지 자기 같지가 않았다. 승열은 갑자기 목둘레에 오싹한 한기가 들어 어깨를 움찔했다.

5

네 잎 클로버

    3학년들에게 주어진 여름방학은 겨우 1주일간이었다. 집에서 1주일만 쉬고 학교에 등교해서 여섯 시간씩 입시 공부에 매진하라는 것이었다. 고등학교에 진학하기로 한 아이들만 대상이었다. 3학년 전체 세 개 반 중 고등학교에 진학할 학생은 채 30퍼센트도 되지 않았다. 더욱이 여학생은 10퍼센트를 넘지 못했다. 다행히 승열은 공부도 괜찮게 했고, 넉넉지는 않지만 집안 형편도 살 만한 편이라 진학을 하기로 했다. 지난 7월 초에 담임선생님과의 상담을 거친 후 가족들과 상의를 해서 마산상고에 지원하기로 마음을 굳혔다.

1주일 방학을 끝내고 진학반에서 입시 공부를 한 지도 벌써 열흘이 넘었다. 날씨가 너무 더워 좀체 학습 능률이 오르지 않았다. 아침부터 아이들 대부분이 졸기 일쑤였고 선생님들도 수업을 반쯤 진행하다가 자습을 지시하고 부채질을 하며 꾸벅거렸다. 유독 곱슬머리 여자 수학선생님만 무더위를 아랑곳 않고 열심히 설명을 해줬으나 귀에 잘 들어오지 않았다.

"직각삼각형의 3개의 변을 a, b, c라 하고 c에 대한 각이 직각일 때, $a^2+b^2=c^2$으로 된다는 게 바로 피타고라스의 정리야. 고대 그리스의 수학자 피타고라스가 처음으로 증명했다고 해서 피타고라스 정리라고 하는 거지. 피타고라스는 이 정리를 발견한 후 기쁨에 가득 차 신에게 감사의 제사까지 지냈다는 기록도 존재해! 오늘은 이 피타고라스의 정리를 이용한 문제 풀이를 할 거니까 졸지 말고 정신 바짝 차려!"

덥고 졸려서 정신을 바짝 차리기가 쉽지 않았다. 그러나 승열은 허벅지를 꼬집어가며 졸음을 쫓으려 애를 썼다. 2학기부터는 전교 상위권에 들어야 마산상고 합격이 가능했기에 분발하지 않으면 안 되었다.

"자, 이 다섯 문제 풀어보고 질문 있는 사람은 손을 들도록!"

세 문제는 어렵지 않게 잘 풀었으나 네 번째 문제와 다섯 번째 문제는 난이도가 높아 어떻게 손을 대야 할지 당황스러웠다. 주변을 돌아보니 공부를 꽤 한다는 아이들도 낑낑대고 있었다. 태석이는 물론, 1, 2, 3반 반장 모두 마찬가지였다.

"선생님!"

끝내 풀 수가 없어서 승열은 손을 들고 선생님을 불렀다.

"왜?"

"4번 문제, 5번 문제는 도저히 못 풀겠는데요."

선생님이 다가와 묻자 솔직하게 대답했다.

"차분하게 좀 더 생각해봐. 아까 해준 내 설명하고 교과서에 나온 예제 풀이도 참작하면서."

예제 풀이를 봤으나 그래도 알 수 없었다. 그러자 수학선생님은 날씨가 더워 정신 집중이 안 돼 그렇다며 끝내 풀어주지 않고, 집에서 풀어 오라며 숙제로 내주었다.

수업을 마치자마자 승열은 운동장으로 나가 교문을 향해 천천히 걸었다. 태석이가 진학 문제로 담임선생님과 상담을 하기에 그가 따라올 때까지 걸음 속도를 높이지 않을 생각이었다. 걸으면서 색이 변하기 시작한 플라타너스 나뭇잎들을 구경했다. 아직은 녹색 잎들이 훨씬 더 많았지만 이제 곧 나뭇잎 전체가 노란색으로 물이 들었다가 다시 갈색으로 변해 마르며, 하나둘 운동장으로 떨어져내릴 것이었다. 아마도 다음 달 말이나 그 다음 달 초쯤이면 나무는 그 무성했던 잎들을 모두 떨어버리고 겨울잠을 잘 차비를 차릴 터였다. 작년에도 그랬고 재작년에도 그랬고, 매년 나무들은 옷을 모두 벗어 던지고 긴 겨울잠을 잔 뒤 새봄이 오면 슬며시 다른 옷으로 갈아입곤 했었다. 그리고 키를 키웠다. 하늘을 향해 조금씩 조금씩.

"저러다 하늘 끝까지 닿는 건 아닐까?"

1학년에 입학했을 때도 꽤 컸었는데, 지금은 꼭대기가 한 길쯤 더 높아져있었다. 승열은 시선을 나무 위 높은 하늘로 옮겼다. 하늘은 온통 파란색으로 뒤덮여 청색 비단이라도 깔아놓은 듯했다. 그 모양이 넓고 맑은 바다로 보여 풍덩 뛰어들면 금방이라도 더위가 사라질 것만 같았다.

"내년에 마산상고로 진학하면 바다 구경 실컷 하겠지! 꼭 합격해야 할 텐데."

저번에 담임선생님은 승열이의 현재 성적 수준이 합격 안전권에 못 들었다고 말했었다. 그 때문에 더 열심히 공부를 하고 있으나 마음대로 되지가 않았다.

교문 옆에 서서 뒤를 돌아보았다. 상담이 길어지는지 태석이는 아직 따라오지 않고 있었다. 올 때까지 그늘에 앉아 기다릴까, 하다가 다시 걸음을 옮겼다. 걸음을 옮겨놓을 때마다 흙먼지가 포슬포슬 일어 운동화 등에 내려앉았지만 신작로를 가로질러 가 길가에 멈췄다. 어느새 코스모스 몇 송이가 피어 더위에 고개를 숙이고 있었다. 꽃도 작았지만 키도 짤막하니 약해 보이기만 했다. 그런데도 불구하고 위험하고 척박한 신작로 가에서 일찍 꽃을 피운 게 신기해 한참동안 쳐다보았다. 혹 신작로를 지나는 차 바람에 꺾이지 않기를 빌면서.

채소밭을 지나 요천 둑길로 올랐다. 요천 건너편 두신리 마을 입구에 나무판자로 엉성하게 지은 복음교회가 시야에 잡혔다. 6년 전에 지은 개척교회로 폭이 좁고 홀쭉한 건물에 비해 출입구 바로 위, 지붕에 달아놓은 십자가가 기형적으로 커서 전체적으로는 우스꽝스런 모습이었다. 마치 빼빼 마른 어린이가 머리에 커다란 나뭇단을 이고 있는 형상이었다. 승열이도 국민학교 시절 친구들과 여러 번 가본 적이 있었다. 목발을 짚은 절름발이 총각이 목사였다. 고등학교 3학년 때 6·25전쟁이 발발하자 친구들과 학도병으로 참전했고. 홍천 삼마치 전투에서 친구 둘은 전사하고 자신은 골반과 무릎에 총상을 입어 절름발이가 됐다는 것이었다. 그로 인해 애초에 꿈꾸었던 진로를 바꿔 목사가 됐다고 설명했다. 아이들을 대상으로 한 목사의 설교도 재미가 있긴 했으나 책만큼은 아니었다. 사실 승열은 절름발이 목사의 설교나 설교가 끝나고 건네주는 사탕, 과자보다는 책 때문에 교회에 갔었다. 흥미를 끄는 책들이 학교보다 더 많았다. 책장에 가지런히 꽂혀있는 300여 권의 책들 중에 승열은 주로 위인전을 꺼내 읽었다. 목사가 몇 권씩 빌려주어 집으로 가져와 읽은 책도 꽤 많았다. '노벨', '나폴레옹', '베토벤', '조지 워싱턴', '안데르센', '광개토대왕', '김유신', '왕건', '이성계', '세종대왕', '이이', '이순신', '허준', '정약용', '전봉준', '안중근', '유관순' 등등. 아이들이 돌려 읽어 낡아버린 책 몇 권은 가지라고 그냥 주기도 했었다. 중학생이 되어서는 가지 않았는데, 작년에 그 인상 좋은 절름발이 목사가 임실군 오수면의 다른 교회로 갔다는 말을 듣고 많이 서운했고 미안했었다. 오수면은 재작년 가을에 작은누나가 시집간 곳으로 내년 여름방학 때 누나네 집에 한번 가서 그 목사님도 찾아봐야겠다고 생각했다. 시집간 이후로 작은누나를 한 번도 만나지 못해 많이 보고 싶었다. 아이를 낳는다고 해서 엄마만 지난 1월에 한 번 갔다 왔었다.

　요천을 살피면서 집이 있는 옹정리 쪽으로 느릿느릿 걸어 올라갔다. 승열은 국민학교 시절에 주로 다녔던 철길이나 등교 시 이용하는 신작로보다 자연스럽게 형성된 요천 둑길로 하교하는 걸 더 좋아했다. 일단 학교를 나서, 신작로 건너, 채소밭을 지나, 둑길로 올라서면 둑방 경사면과 둔치 곳곳에 발목을 잡는 온갖 신기한 것들이 지천으로 널려있었다. 봄이면 파릇파릇 돋아나는 각종 새싹들은 물론이요, 초여름의 보라색 오랑캐꽃, 노란 애기똥풀, 빨갛다 못해 까만색으로 익어버리는 뱀딸기, 가을에 들국화 꽃씨가 바람에 날리는 모습 등. 식물뿐만이 아니었다. 폴짝폴짝 넓이뛰기 시합을 하는 개구리들, 고전무용이라도 선보이려는지 공중에서 너울거리는 흰나비들, 석양 속에서 맴을 도는 고추잠자리 떼, 너른 풀밭에 누워 한가로이 되새김질하는 송아지들.

여자애들은 요천 둑 밑에 좌악 깔린 토끼풀을 뒤져 행운의 네 잎 클로버를 찾느라 시간 가는 줄을 몰랐다. 하굣길이면, 네 잎 클로버를 찾기 위해 한 시간씩이나 풀밭에 주저앉아 있곤 했다. 진학반 보충수업이 시작된 첫날, 네 잎 클로버 세 개를 찾으면 원하는 고등학교에 합격한다는 소문이 돌았을 때부터였다. 승열이도 가끔 태석이와 둑 밑으로 내려가 네 잎 클로버를 찾았으나 눈에 잘 띄지 않았었다.

"다시 한번 찾아볼까?"

행운의 네 잎 클로버를 찾으면서 태석이를 기다리기로 하고 둑 밑 풀밭으로 내려갔다.

풀을 밟으며 걸으니 발바닥에 와 닿는 촉감이 훨씬 푹신하고 부드러웠다. 토끼풀 군락지가 길게 이어진 곳에 다다라 책가방부터 내려놓았다. 그리고는 허리를 약간 숙여 네 잎 클로버를 찾기 시작했다. 다른 아이들에 비해 유독 눈에는 잘 안 띄었던 네 잎 클로버. 오늘도 이거 영……! 승열은 허리를 더욱 굽히고 눈을 더 크게 떴다. 그러다 아예 쪼그리고 앉아서 꼼꼼히 뒤져나갔다. 그래도 눈에 띄지 않았다. 만약 한 개도 못 찾는다면 내년 마산상고 입시시험에 떨어질 것만 같아 불안스러웠다. 오기가 생겼다. 두 눈에 쌍심지를 켜고 손으로 클로버를 일일이 헤쳤으나 네 잎짜리는 없었다. 모두 세 잎짜리들뿐이었다.

"야, 승열아! 거기서 뭐 하는 거야? 더운데."

둑길 위에서 태석이가 외쳤다.

"보면 모르냐? 네 잎 클로버 찾잖아!"

"몇 개 찾았어?"

"몇 개는 무슨 몇 개야?"

태석이가 킥킥 웃으며 뛰어 내려왔다.

"목사님이, 구하라! 그러면 얻으리라! 두드려라! 그러면 열리리라! 했는데, 누구나 그런 게 아니야."

"너, 지금 나 놀리는 거야?"

그저께 태석이는 한꺼번에 세 개나 찾았었다. 그중에 하나를 주어 받기는 했지만 속으로는 찜찜했었다. 하나는 태석이 자신이 갖고 또 하나는 어제 여자 반인 3반 반장 주명희에게 주었다고 얘기했었다. 그 말을 듣고서야 승열은 태석이가 주명희를 좋아하고 있다는 걸 눈치챘었다. 그전에는 까맣게 모르고 있었다.

"놀리기는? 가자! 다음에 내가 찾아서 또 줄게. 얼른 저 위로 가서 목욕이나 하자! 더워죽겠다."

승열은 네 잎 클로버 찾기를 다음으로 미루고 태석이와 나란히 둔치 풀밭을 걸어 위쪽으로 올라갔다. 요천의 물 흐르는 소리를 들으며 걸으니 기분이나마 시원한 느낌이 들었다. 하지만 이마며, 목덜미며, 등에는 땀이 계속 솟아났다.

"선생님이랑 무슨 상담했어?"

"진학 상담이지 뭐!"

"전주고로 가기로 결정한 거야?"

"응! 합격이 가능하대!"

태석이가 자랑스레 대답하고 어깨를 으쓱했다.

"야, 그런데 너, 명희 좋아한다고 왜 말 안 했어? 왜 나한테까지 말 안 하고 꼭꼭 숨겼던 거야?"

"친한 친구지간에도 비밀이 필요해!"

"비밀이 있는 친구가 무슨 친한 친구야?"

"아무튼 네가 눈치채서 알게 됐으니 됐지 뭐! 더운데 자꾸 따지지 마!"

"네가 직접 말해주는 거랑 내가 눈치채서 알게 되는 거랑 같냐?"

서운한 마음에 목소리를 높여 물었다. 그러나 태석이는 대답 않고 성큼성큼 걸어갔다.

"주명희는 어느 고등학교 간다니?"

"몰라! 아직 결정을 못했나 봐! 지가 알아서 가겠지 뭐!"

시큰둥하고 무관심한 대답에 승열은 앞서가는 태석이의 등판을 멀뚱히 바라보았다. 땀이 흘러 하복 등판이 축축이 젖어있었다.

"저거 뭐야?"

여름이면 언제나 동네 아이들이 모여 물놀이를 하는 물웅덩이 가까이 이르렀을 때 태석이가 앞을 가리켰다.

"애들이 모여 무슨 놀이하는 거 아냐?"

"그게 아니라, 싸우는 것 같아!"

"싸워? 가보자!"

달려가 보니 아이들이 많이 몰려있었다. 물속이 아니라 물 밖 모래밭에 스무 명 넘게 모여 욕설을 퍼붓는 중이었다. 반 정도는 국민학교와 중학교 후배들이었고, 나머지 반은 요천 건너 신평리와 두신리 아이들 같았다. 양쪽 아이들이 둥그렇게 둘러서서 형성된 원 속에는 두 아이가 주먹을 쥔 채 서로를 노려보고 있었다. 이미 한바탕 주먹질을 했는지 한 아이는 눈두덩이 퉁퉁 부은 상태였고, 다른 아이는 코피를 흘려 입 주위가 불그스름했다.

"너희 왜 싸우는 거야?"

태석이가 아이들을 뚫고 원 안으로 들어가서 물었다.

"이 새끼들이……."

같은 동네 아이인 중 1짜리가 싸움 원인에 대해 설명하자

"그게 아니에요. 얘들이 먼저……."

다른 동네 아이가 말을 가로챘다. 키와 덩치로 보아 그 애도 중 1

정도 되어 보였다.

"너 신평리에서 왔구나? 몇 학년이야?"

"송동중학교 1학년이요."

승열이의 물음에 그렇게 대답했다.

얘기를 들어보니 물웅덩이를 놓고 싸움을 벌인 것이었다. 예전에도 무더운 여름이면 그런 싸움이 가끔 있었다. 요천을 가운데 두고 이쪽은 금지면으로 아이들이 금지국민학교와 금지중학교를 다녔고, 저쪽은 송동면으로 아이들이 송동국민학교와 송동중학교를 다녔다. 그래서 한여름에 요천으로 나와 물놀이를 할 때면 물웅덩이를 서로 차지하려고 티격태격 다툼을 벌이곤 했었다. 나이가 많고 힘이 센 아이가 있으면 어쩔 수 없이 비켜주었지만 엇비슷하면 주먹다짐도 마다하지 않았었다.

"싸우지 말고 다 함께 들어가서 놀아! 저 깊은 데는 교대로 사용하고."

승열이가 깊은 곳을 가리키며 말하자 두 아이는 입술을 씰룩거렸다. 둘 다 싫다는 표정이었다. 사실 수영을 할 수 있을 정도로 깊은 곳은 물이 콘크리트 보를 타넘고 낮은 폭포를 이루며 떨어지는 지점으로 수량이 많았다. 아이들은 다이빙까지 할 수 있는 그곳을 가장 선호했다. 그러나 한꺼번에 10여 명이 들어가 놀기에는 좁았다.

"아니야. 싸워봐. 싸워서 이기는 편이 저기를 차지하기로 해! 진

편은 가장자리 얕은 곳에서 놀든지 집으로 돌아가고."

태석이가 싸움을 부추겼다.

"야, 얘네 둘 다 다쳤는데 왜 싸움을 시켜?"

"일단 싸움이 붙었으면 끝을 봐야지 뭐!"

"안 돼! 안 돼!"

승열이가 가로막고 나섰다. 그러자 태석이가 눈알을 이리저리 돌리더니 두 아이를 쳐다보며 말했다.

"그러면 주먹 싸움이 아니라, 물싸움으로 해!"

양쪽 편에서 다섯 명씩 선수를 뽑은 뒤 물속으로 들어가 약 2미터를 사이에 두고 두 줄로 늘어섰다. 그러고는 서로 날카롭게 노려보며 준비운동을 했다. 태석이가 규칙을 일러주었다.

"내가 시작! 하면 5분 동안 상대를 향해 죽어라 물을 뿌린다. 오로지 손만 사용해서. 돌아서거나, 물러서거나, 도망가는 사람이 많은 편이 지는 거다. 5분씩 세 번을 싸운다. 알았지?"

"예!"

양쪽 아이들이 큰 소리로 대답했다.

태석이의 신호가 떨어지기 무섭게 물싸움이 시작되었다. 서로 한 치의 양보도 없는 치열한 싸움에 물보라가 일고 무지개가 보였다. 목이 터질 듯한 양쪽 아이들의 응원 소리를 듣고 멀리서 또 다른 아이들이 달려오기도 했다. 심지어 몇몇 어른들도 가던 길을 멈추고 둑길에 서서 지켜보았다.

"그만!"

손목시계를 보며 태석이가 소리쳤다. 그러자 양쪽 아이들이 일시에 동작을 멈추고 태석이의 판정을 기다렸다.

"음! 아까 네가 몸을 돌렸었고, 너는 뒤로 한 발 물러섰었어. 그러니까 1라운드는 송동이 이겼어!"

송동면 아이들이 우레 같은 함성을 지르고 만세를 불렀다. 반면에 금지면 아이들은 이빨을 갈며 아쉬워했다.

곧 2라운드가 시작되었다. 1라운드보다 더 치열하고 투쟁적인 물싸움이 한참이나 진행되고 응원 소리가 귀청을 떨어뜨렸다. 승열은 죽어라 물을 뿌려대는 양쪽 아이들을 지켜보며 빙그레 웃었다. 자기는 찌는 듯한 무더위에 땀을 흘리며 서있는데 선수로 뽑힌 아이들은 가장 시원하게 놀고 있으니, 부러웠다.

"땡! 그만!"

태석이가 2라운드의 끝을 알리자 아이들은 아까처럼 또 일시에 동작을 멈추고 숨을 헐떡였다. 승열은 금지면 아이들이 또 졌음을 알고 있었다. 한참을 망설이던 태석이가 판정을 내렸다.

"저쪽은 너하고 너, 둘이 고개를 돌렸어. 그리고 이쪽은 애 하나만 물러섰으니까, 이번 라운드는 금지면이 이겼어!"

승열은 자기 귀를 의심하며 태석이를 노려보았다. 분명히 금지면 아이 두 명이 뒤로 물러났었다. 두 걸음을 물러난 아이 말고 반 걸음쯤 물러난 아이가 한 명이 더 있었다. 게다가 그 애는 얼마간 물을 뿌리지 않고 방어 자세를 취한 채 가만히 서있기만 했었다. 틀림없이 금지면의 패배였다.

"야, 태석아. 아니야! 금지면이 또 진 거야. 저 애가 물러나는 걸 내가 봤어!"

"무슨 소리야? 내가 똑똑히 지켜보고 있었는데."

"이 형 말이 맞아요. 저 애 분명히 뒤로 물러났어요."

송동면 아이 하나가 자기도 봤다고 나섰다. 그러자 몇몇 아이가 더 나서서 따지고 들었다.

"아니, 이것들이? 내가 심판인데 뭔 개소리야?"

태석이가 화를 내며 두 눈을 매섭게 부릅떠 송동면 아이들을 노려보았다.

겁을 먹은 송동면 아이들이 주춤주춤 물러서더니 옷을 챙겨 입고 몸을 돌렸다.

"너희 새끼들! 앞으로 이 웅덩이에 오지 마! 오늘부터 여기는 우리 금지면 거야."

돌아가는 송동면 아이들의 뒤통수를 향해 고래고래 소리를 지른 태석이가 승열에게로 시선을 돌렸다. 그러고는 힐난하듯 물었다.

"승열아, 넌 대체 어느 편이니?"

"어느 편이라니? 네가 심판을 공정하게 안 봤잖아?"

승열이 불쾌한 표정으로 반박을 했다.

"그렇다고 저쪽 편을 들면 어떡해? 모르는 척 가만히 있었어야지!"

어이가 없이 말이 나오지 않았다.

아무래도 같이 있다가는 심각한 말싸움으로 번질 것 같아 승열은 목욕을 하려던 생각을 접고 가방을 집어 들었다.

"먼저 갈게!"

들릴 듯 말 듯한 그 말을 남기고 풀밭을 지나 둑방 경사면을 올랐다. 뒤에서 아이들이 물놀이하는 소리가 와자지껄 날아와 귓바퀴에 감겼다. 둑길 두 그루 미루나무 사이에 잠시 서서 옹정리 마을을 살펴보았다. 야트막한 동산 아래 이마를 맞대고 옹기종기 모여있는 초가집들이 웬일인지 낯설어 보였다. 마치 생판 모르는 다른 마을을 보는 듯 마음이 무거워 선뜻 발을 들여놓기가 망설여졌다. 고개를 들어 마을 뒷동산 선조들이 묻혀있는 무덤으로 시선을 옮겼다. 그리고 지난 한식날에 아버지와 형과 함께 올라가 무덤들에 부분부분 새 잔디를 입히고, 파인 곳 보수도 하고, 할머니 무덤 옆에 몇 그루 흰 철쭉 묘목을 심었던 일을 떠올렸다. 생전에 할머니가 좋아하던 꽃이었다. 내년 4월 중순경에 곱게 피어날 꽃을 생각하니 그제야 무거웠던 마음이 가벼워지며 발걸음이 떨어졌다.

6

나비춤

　　이제 여기가 끝인가 보다. 몸 전체에 둔탁한 충격이 느껴지는가 싶더니 더 이상 내려가지 않는다. 세상의 밑바닥에 닿은 게 틀림없다. 온통 칠흑의 어둠뿐, 눈꺼풀에 감지되는 빛이라고는 전혀 없다. 기온도 한층 더 낮아 팔다리는 물론 온몸이 얼음 덩어리로 변해버린다. 어둠의 세상, 얼음의 나라. 꺼져가는 의식의 실 가닥을 붙잡고 지렁이같이 꿈틀거려보지만 몸이 움직이지 않는다. 내가 왜 이곳까지 내려와 누워있는지, 누가 나를 이렇게 만들었는지, 생각하면 할수록 기억이 더욱 혼란스러워질 뿐이다. 그래도 실마리를 잡기 위해 수십 차례 더 시도해본다. 하지만 모르겠다. 도무지 알 수가 없다.

다시 뒤죽박죽이 되어버린 기억을 정리하려고 어금니를 악물고 정신을 집중한다. 그러자 합선이 된 전깃줄처럼 두뇌 회로가 찌릿찌릿하며 뒤틀린 기억들이 과거에서 현재로, 현재에서 미래로 빠르게 오간다. 얼마간을 그러다가 다시 과거, 현재, 미래가 마구 뒤섞이며 어지럽게 맴돈다. 한참 동안이나 바람개비 모양 미친 듯이 돌아간다. 한겨울 얼음판에서 돌리던 팽이보다도 더 빠르게 돌아 머릿속에 들어있는 모든 것이 한꺼번에 빠져나가는 느낌이다. 현기증이 강하게 인다. 이미 감겨있는 눈을 더욱 꼭 감는다.

느닷없이 사방천지가 환해지며 끝없이 이어진 모래사막이 나타난다. 앞쪽도, 뒤쪽도, 좌측도, 우측도 온통 뽀얀 모래뿐이다. 흡사 어마어마하게 큰 도화지를 펼쳐놓은 듯하다. 어리둥절해하며 두리번거리다가 아득히 먼 모래언덕에 콩알 크기의 까만 점 하나를 발견한다. 천천히 발을 놀려 그리로 다가간다. 다가갈수록 까만 점은 조금씩 조금씩 크기가 커진다. 걸음 속도를 높인다. 점의 형체가 잡히기 시작한다. 형체로 보아 사람이다. 어느 한 사람이 언덕 꼭대기에 서서 무언가를 흔들고 있다. 얼마간을 더 걸어가 모래언덕 밑에 다다른다.

"어, 엄마?"

엄마다. 엄마가 치마를 벗어 흔들며 무어라 외치고 있다. 엄마의 흰색 무명치마에는 붉은색 네 글자가 쓰여있다. 그러나 심하게 펄럭거려 무슨 글자인지는 알 수가 없다. 외치는 소리도 웅웅거려 알아들을 수가 없다. 엄마를 부르며 모래언덕을 올라간다. 하지만 곧 미끄러져 뒤로 굴러 떨어진다. 서너 번 재시도를 해본다. 번번이 마찬가지다. 기어서 오르기로 하고 두 손으로 모래언덕을 짚는다.

"으악!"

놀라서 얼른 손을 뗀다. 모래 한 알 한 알이 모두 사람의 해골이다. 동그라니 사과 알만 한 해골들이 수도 없이 쌓여 언덕을 이루고 있다. 모든 해골이 수정처럼 반짝반짝 빛을 내 눈이 부시다. 해골 하나를 소중히 들고 언덕 꼭대기를 올려다본다. 엄마는 여전히 치마를 흔들며 무어라 외치고 있다.

세상이 다시 캄캄해지고. 기억의 소용돌이가 차츰 속도를 줄이다 마침내 잠잠해지자, 이제 머릿속에 서서히 안개가 끼기 시작한다. 희뿌연 안개가 점점 짙어지며 이내 꽉 들어찬다. 그 때문에 내부 압력이 상승되어 두개골이 터질 지경이다. 일순간에 펑 터져서 머리가 산산조각이 날 것만 같다. 무섭고 두렵다. 칠흑의 어둠이 주는 공포감이 가슴을 짓눌러 숨이 막힌다. 엄마를 부른다. 누나를 부른다. 아버지를 부르고, 형을 부르고, 친구들을 부른다. 피를 토하며 불러보지만 역시 아무런 대답도 없다. 부르다가 지쳐 그만 포기하고 만다. 또다시 고요한 시간이 하염없이 흐른다.

"……?"

소리다. 겨우 붙어있는 가느다란 청신경 한 가닥에 소리가 감지된다. 안개 속에서 사람들의 웅성거림이 들린다. 여러 사람이 모여 왁자지껄 떠드는 소리가 분명하다. 귀를 기울인다. 사람들의 말소리에 섞여 풍악 소리도 들린다. 태평소를 앞세운 풍악이 멀리서 아련하게 들려온다. 풍악 소리는 차츰차츰 커지며 신명 나는 가락으로 바뀐다. 얼마간을 그러다가 다시 잔잔한 물결처럼 그윽한 곡조로 변주된다.

바로 그 순간, 곡조에 따라 안개가 서서히 걷히는가 싶더니, 놀랍게도 눈에 익은 농촌 마을이 보이고 고향집 안마당이 나타난다. 무슨 일인지 마을 사람들이 빼곡히 몰려와 있다. 마당에 깐 멍석 위에 높다란 상이 놓여있고 상 좌우에는 각각 대나무 가지와 소나무 가지를 꽂은 화병 두 개가 보인다. 그리고 큼직한 촛대가 양쪽에 놓이고 나무를 깎아 만든 기러기 한 쌍과 비단 보자기에 싼 닭 두 마리가 자리 잡고 있다. 또한 밤, 대추, 곶감 등의 과일과 흰쌀, 오색 떡도 정성스레 진열되어있다. 그 상을 가운데 두고 독특한 옷차림을 한 두 사람이 마주보고 서있다. 고개를 다소곳이 숙인 채 수줍은 표정을 짓고 있는 여자에게 시선이 먼저 간다.

작은누나! 작은누나가 혼례를 치르는 중이다. 앞이마에는 칠보

족두리를 쓰고, 뒷머리에는 도투락댕기가 걸린 기다란 용잠을 꽂고, 양쪽 뺨에는 연지를 이마에는 곤지를 찍고, 치렁치렁한 적색 원삼을 입은 모습이 선녀인 양 아름답다. 사모관대 차림의 신랑 역시 이목구비가 뚜렷하고 기립 자세가 똑발라서 믿음직스럽다. 아주 잘 어울리는 한 쌍이다.

삼현육각의 연주가 마당에 크게 울려 퍼진다. 피리, 대금, 해금, 장구, 북이 동시에 울리며 화음을 이뤄 잔치 분위기를 한껏 띄운다. 혼례식은 신랑신부가 맞절을 하는 교배례에 이어 마음과 몸을 정갈하게 한다는 의미로 손을 씻는 관세례를 거쳐, 변함없이 잘 살겠다는 서약의 서배우례를 지나, 표주박으로 술을 나누어 마심으로 두 사람이 하나가 된다는 합근례 순서로 진행된다. 그 전 과정을 꼼꼼히 살펴보지만 마음이 허전하다. 오래전에 함양으로 시집간 큰누나의 혼례식 날보다 더 헛헛함이 느껴진다. 작은누나의 혼례라는 기쁨보다는 이제 헤어져 살아야 한다는 이별의 의미가 더 크게 가슴에 와 닿는다.

눈물을 머금은 눈으로 작은누나를 바라본다. 방금 전에 합근례를 마친 작은누나는 여전히 수줍은 표정으로 신랑을 마주하고 서 있다. 별처럼 반짝거리는 족두리의 보석 장식을 살피다가 누나의 양쪽 뺨에 찍힌 연지에 시선을 꽂는다. 하얀 얼굴에 선명히 부각되는 빨간 동그라미. 뒷동산의 유독 붉은 진달래 꽃잎이 날아와서 붙은 듯하다. 1분, 2분, 눈까풀을 깜빡이지 않고 동그란 꽃잎을 오래 바라보고 있으려니 눈물방울이 또르륵 흘러내려 신발 코에 떨어진다. 하지만 시선을 떼지 않는다. 다시 눈물이 차올라 시야를 흐리게 하지만 작은누나의 마지막 모습을 머릿속에 끝까지 담아두고 싶다.

누나! 작은누나! 울먹이는 목소리로 조그맣게 누나를 부른다. 누나가 용케도 알아듣고 고개를 살짝 든다. 누나와 눈길이 마주친다. 그 순간, 작은누나의 얼굴이 서서히 변해 다른 여자의 얼굴로 바뀌어버린다. 아! 단발머리 소녀다. 단발머리 소녀가 밝은 미소를 짓고 나를 바라본다. 나 역시 입가에 부드러운 미소를 띤 채 소녀를 바라본다. 우리는 따스한 시선을 교환하며 한참 동안 속말을 주고받는다.

나와 소녀는 혼례복 차림으로 들판을 거닌다. 온갖 꽃들이 만발해있는 너른 들판. 수백 수천 마리의 나비들이 춤을 추며 꽃들 사이를 자유롭게 누빈다. 따뜻한 햇볕 훈훈한 바람에 꽃들도 실렁실렁 춤을 추고 나와 소녀도 나비를 따라 꽃을 따라 두 팔을 벌리고 어깨를 일렁인다. 언제 뒤따라왔는지 마을 사람들도 모두 몰려와 함께 춤판을 벌인다. 하나같이 행복이 넘치는 표정이다. 나와 소녀는 짙은 꽃향기에 취해 잠시 춤동작을 멈춘다. 그러고는 나란히 서서 손을 잡은 채 고개를 든다. 꽃 들판보다 더 넓게 펼쳐진 파란 하늘에는 하얀 뭉게구름이 드문드문 박혀있다. 나와 소녀는 하늘에 오르려고 깡충깡충 뛰며 하하 호호 웃는다.

곧 잠이 들려나 보다. 전신을 맴돌던 통증이 사라지고 피곤이 몰려든다. 죽음보다 더 깊은 잠이 들려는지 눈꺼풀은 태산의 무게로 붙어 떨어지질 않는다. 그나마 한쪽은 갑갑하면서도 욱신욱신 쑤신다. 또다시 싸늘한 어둠이 온몸을 감싼다. 빛도, 꽃도, 나비도 더 이상 없다. 사방이 캄캄하다. 앞이 보이지 않는 어두운 세상! 희망마저도 사라진 암흑의 세상에 나는 갇혀있다.

여든일곱

시험은 그런대로 치렀다. 하지만 경쟁률이 높아 합격할 자신은 없었다. 조금만 더 열심히 공부할걸! 후회가 되었다. 집에 가서 뭐라고 말하나? 어깨에 힘이 빠지고 한숨이 새어 나왔다. 마산상고를 빠져나온 승열은 터덜터덜 걸어 정류장으로 가서 시내버스를 타고 마산역에 내렸다. 광장에 세워진 시계탑이 15시 34분을 가리키고 있었다. 1959년 12월 9일 수요일이라는 년, 월, 일도 동그란 시계판 밑에 표시해주고 있었다. 대합실로 들어가 벤치에 돌부처처럼 앉아 기차 시간이 되기를 기다렸다. 마음이 무거워 집에까지 돌아갈 일이 큰 걱정이었다. 그렇다고 안 갈 수도 없고. 이왕에 떨어질 거라면 차라리 전주고로 갈걸! 그러나 이제 엎질러진 물이었다.

급우들은 누차 전주고로 가라고 말했었다. 뭐 하려고 멀리 마산까지 가느냐고. 학교에서 공부를 좀 한다 하는 친구들은 거의 다 전주고에 응시를 했다. 친구 사태석도 전주고에 응시해 만약 합격한다면 헤어져야 할 처지였다. 어려서부터 계속 함께 자라왔었는데 아쉬움이 컸다. 또 다른 친구인 배철남은 가정 형편상 고등학교 진학을 포기하고 남원읍에 있는 목공소에 취직을 해 돈을 벌기로 했다. 지난 6월 단오절 날 철남이는 남원군 장사 씨름 대회 학생부에 출전을 했으나 예선전 두 번째 경기에서 패배하고 말았다. 출전선수들 거의가 고등학생이었고 남원군은 물론 전라북도에까지 이름을 날린 진짜 씨름선수들도 여러 명이나 있었다. 철남이는 실망하지 않고, 1년이든 2년이든 제대로 기술을 익혀서 다시 출전해 꼭 송아지를 타겠다며 헤벌쭉이 웃었었다.

하지만 고등학교 진학을 못해 일반부로 출전해야 할 텐데, 그러면 어른들을 상대로 경기를 치러야 했다. 철남이가 일반부에서 우승한다는 건 확률 제로에 가까웠다. 혹시, 철남이 부모님 생각이 바뀌어 1년 늦게 남원농고에 진학시킬지도 모르니 그걸 기대하기로 했다. 만약 철남이 할아버지가 독립유공자로 지정되면 철남이가 특례로 고등학교에 진학할 수 있다고 담임선생님이 전에 그랬었다. 알아봤더니, 이미 철남이 아버지가 서류를 갖춰 매년 신청을 했었는데 정부에서는 증거 부족이라며 독립유공자로 지정을 해주지 않는다는 거였다. 승열은 정부의 태도를 도무지 이해할 수 없었다.

개찰이 시작되어 플랫폼으로 나가려고 줄을 섰다. 역 광장에는 기차를 놓칠까 봐 헐레벌떡 뛰어오는 사람들이 꽤 많았다. 할머니, 할아버지, 아줌마, 아저씨, 남학생, 여학생들……. 그런가 보다 하고 승열은 자기 차례가 되기를 기다렸다.

줄이 얼마쯤 줄어들었을 때였다.

"저기요!"

"……?"

뒤쪽에서 들리는 소리였다. 그러나 승열은 마산에 자기 이름을 부를 사람이라고는 없기에 뒤돌아보지 않았다. 다른 사람을 부르는 것이려니 여기며 전혀 신경 쓰지 않았다. 그저 빨리 개찰구를 나가 기차에 오르고 싶은 생각뿐이었다. 얼른 올라가 자리를 잡고 앉아 잠을 잘 생각이었다. 그동안 시험공부 하느라 잠을 제대로 못 자 피로가 뒷동산 높이로 쌓여 자꾸 눈이 감기고 하품이 연달아 새어 나왔다.

"저, 저기요!"

그 소리가 또 들려왔다. 이번에는 소리뿐만이 아니었다. 그 소리와 함께 누군가가 어깨를 툭 쳤다. 그제야 승열은 자기를 부르는 것

임을 알아채고 가만히 고개를 돌렸다.

여학생이었다. 교복을 단정하게 차려입은 단발머리 여학생이 바로 뒤에 서있었다. 백설처럼 하얀 얼굴에 발그레한 두 뺨, 유난히 검고 초롱초롱한 눈망울, 날이 곧게 선 코 아래 도톰하게 자리 잡은 작은 입술. 모르는 여학생이었다. 의아한 표정으로 자세히 살폈으나 분명 자기 기억 속에 존재하지 않는 얼굴이었다. 아무래도 기차 편을 물어보려는 의도 같았다. 그렇지 않고서는 생판 모르는 남학생을 여학생이 어깨까지 치며 부를 리가 없었다. 기차 편은 나도 잘 모르는데! 난감했다. 승열은 잘 모른다고, 마산 사람이 아니라고 솔직하게 대답하기로 마음을 먹었다. 그러고는 단발머리 여학생의 질문을 기다렸다. 여학생이 수줍어하는 표정으로 살며시 입을 열었다.

그런데 기차 편을 묻는 질문이 아니었다.

"저 모르겠어요?"

"예?"

전혀 뜻밖의 질문에 놀라서 승열이 되물었다. 그래 놓고 다시 여학생의 얼굴을 살폈다. 송아지처럼 두 눈을 끔뻑거리며 아무리 다시 봐도 모르는 얼굴이었다. 중학교와 국민학교 여자 동창들의 얼굴을 다 뒤져봤지만 역시 일치되는 얼굴이 없었다. 승열은 자기와 비슷하게 생긴 남학생이 또 있어 착각을 하나 보다 여기며 고개를 갸웃거렸다.

"저, 기억 안 나요?"

기억나지 않는 게 아니라 기억이 아예 없었다. 다소 미안한 마음
이 들어 뒤통수를 긁적이다 작은 목소리로 대답했다.

"모르겠는데요."

"정말요?"

"예! 전혀……."

승열의 대답에 여학생이 어색한 미소를 살짝 지었다. 그리고 곧
다시 입을 열었다. 조금 전처럼 목소리가 그리 크지 않았다.

"지난 5월 초순에, 남원 광한루 오작교에서……."

"아아!"

그제야 생각이 번득 났다. 그 당시 얼굴을 정확하게 본 게 아니
었지만 이미지가 비슷했다. 키와 전체적인 체형, 얼굴 윤곽선이 거
의 같았다. 전혀 뜻밖의 장소에서 그때의 그 단발머리 여학생을 만
나다니. 가슴이 설레고 기뻤다. 얼음물을 뒤집어쓴 듯 눈이 번쩍
뜨이고 더 이상 하품이 나오지 않았다. 온몸에 덕지덕지 붙어있
던 피로가 일시에 떨어져나가고 정신마저 개운해졌다. 이상한 일이
었다.

"그런데 마산에 무슨 일로……?"

"오늘 시험이 있었어요. 마산여고."

세상에! 우연도 이런 기가 막히는 우연이 있다니? 입이 떡 벌어져 말이 안 나올 지경이었다.

"그래요? 나는 마산상고 시험 보고 가는 길이에요."

생각할수록 희한한 우연이었다. 전라북도 남원에서 경상남도 마산으로 시험을 치러 오는 학생은 극히 드물었다. 외지 고등학교로 진학하는 학생들 대부분은 전주나 광주를 택했다.

"어머! 그래요? 잘 봤어요?"

"아니요. 잘 못 봤어요. 그쪽은요?"

"저도 잘 본 것 같지 않아요."

단발머리 여학생의 눈가에 잠시 어두운 그림자가 스쳤다.

"이름이 김승열이군요. 저는 지선미예요!"

여학생이 승열이의 교복에 붙은 명찰을 보고 나서 자기를 소개했다. 지선미! 지선미! 승열은 속으로 단발머리 여학생의 이름을 서너 번 발음해보았다. 금세 입에 익어 아주 오래전부터 불러온 이름처럼 느껴졌다.

줄에서 벗어나 대화를 나누느라 느지막이 기차에 올랐다. 예상대로 빈자리가 없었다. 학생들의 하교 시간과 직장인들의 퇴근 시간이 겹쳐 승객들이 꽤 많았다. 승열이와 선미는 별수 없이 통로에 서서 가야만 했다. 그러나 통로에도 서있는 사람들이 꽉 차 시루 속 콩나물이나 마찬가지였다. 초겨울 날씨인데도 사람들의 열기로 후텁지근했다.

"참, 그날 고마웠어요. 감사 인사도 못하고 도망치듯 사라져 많이 미안했고요."

선미가 조용조용한 목소리로 사과를 하며 얼굴을 붉혔다.

"괜찮아요."

짤막하게 대답하고 나니 승열이도 얼굴이 붉어졌다.

머릿속에서는 그날의 광경이 영화필름처럼 빠르게 재생되고 있었다. 연못에 빠졌던 순간의 차가운 물 기운도 온몸에 고스란히 느껴졌다.

"점심을 먹고 나서 찾아봤는데 없더라고요."

"그랬군요."

그런 것도 모르고 태석이와 철남이는 찾아서 따져야 한다고 했었다. 그리고 승열이도 겉으로는 그러지 말자고 했으나 속으로는 많이 서운했었다.

"그 돌다리는 오작교를 상징하고 그 연못은 은하수를 상징하는 것이래요. 알죠?"

"뭐 대충 알고 있는데 자세히는 몰라요. 다 잊어버렸어요."

승열이도 이미 알고 있는 내용이었으나 선미의 설명을 듣고 싶어 모르는 척했다.

"1년에 한 번 칠월 칠석날 은하수에서 까마귀와 까치들이 다리를 만들어서 두 사람을 만나게 해준다는 그 오작교요."

선미는 견우직녀에 관한 설화를 상세히도 설명했다. 모르는 내용
도 많이 섞여있었다.

"원래 직녀는 천제의 손녀로 길쌈을 아주 잘하고 부지런해서 천
제님이 매우 귀여워하셨대요. 그래서 혼기가 차자 은하수 건너편의
목동 견우와 혼인하게 했대요. 그런데 두 사람은 부부 간이 된 후
로 신혼의 즐거움에 빠져 소도 돌보지 않고 길쌈도 하지 않는 등,
아주 게을러져 천제님의 큰 노여움을 샀대요. 그래서 천제님이 그
들을 은하수를 가운데 두고 다시 떨어져 살게 하고, 한 해에 딱 한
번 칠월 칠석날만 만나 같이 지내도록 했대요."

마치 처음으로 듣는 얘기처럼 승열은 고개를 끄덕이기도 하고 감
탄사를 내뱉기도 하면서 열심히 귀를 기울였다.

"그런데 넓은 은하수 때문에 칠월 칠석날도 서로 만나지 못해 애
를 태우자, 보다 못한 지상의 까막까치들이 하늘로 올라가 서로 머
리를 잇고 날개를 교차시켜서 다리를 놓아주었대요. 그래서 다리
를 까막까치가 놓은 다리, 즉 '오작교烏鵲橋'라 했고, 칠석이 지나면
까막까치가 다리를 놓느라고 머리가 모두 벗겨져 대머리로 돌아온
대요. 또한, 칠석날 오는 비는 '칠석우'라고 하는데 견우직녀가 너무
기뻐서 흘리는 눈물이래요. 그리고 그 이튿날 아침에 오는 비는 두
사람이 헤어짐이 슬퍼서 우는 이별의 눈물이라고 한대요."

가뜩이나 조용한 목소리인 데다가 열차 안의 시끌벅적한 소음 때문에 말소리가 잘 들리지 않았으나, 이상하게도 승열은 선미의 입놀림을 보고 다 알아들을 수 있었다. 견우직녀 얘기가 끝나자 말을 나눌 마땅한 소재거리가 없어서 어색하게 마주 선 채 서로를 힐끔거리기만 했다. 그러다가 결국 대화가 끊기고 입이 닫히고 말았다. 오래전에 동네 할머니에게 들은 광한루 연못에 얽힌 전설을 말해줄까? 새로 부임한 사또에게 사랑하는 처녀를 빼앗기고 치도곤을 당한 뒤 몸이 묶여 연못에 던져졌다는 총각 이야기. 보름날 밤 자정에 연못 위로 떠올라 구슬프게 처녀 이름을 부른다는 가엾은 총각. 하지만 그 이야기가 머릿속에서만 맴돌고 입 밖으로 나오지 않았다.

진주역과 하동역에서 사람들이 많이 내리기는 했으나 여전히 자리는 나지 않았다. 큼지막한 보따리를 든 사람들이 무더기로 올라타 기차 안은 오히려 더욱 북적거렸다.

"다리 아프면 이쪽 손잡이에라도 걸터앉아요."

"됐어요. 곧 나겠죠 뭐!"

그러다 순천역을 지나서야 빈자리가 생겼다.

"저쪽에 자리 났어요. 가요!"

승열은 전광석화처럼 후다닥 몸을 날려 빈자리를 잡았다. 선미를 남원까지 서서 가게 둘 수는 없기에 염치불구하고 신사도를 발휘한 것이었다.

둘이 나란히 앉으니 복잡 미묘한 감정이 얽히고설키었다. 하지만
기쁨과 설렘의 감정이 가장 컸다. 지난여름까지 내내 생각을 했었
던 단발머리 여학생과 나란히 앉다니? 꿈인지 생신지 헷갈렸다. 선
미의 옷깃이 팔에 와 닿을 때마다 전기라도 통하는 듯 전신이 찌릿
찌릿했고 심장이 쿵쾅쿵쾅 뛰었다. 뭐라고 말을 하고 싶었으나 입
안에서만 물방개처럼 맴돌 뿐 좀체 입 밖으로 나오질 않았다. 속만
바싹바싹 타들어 가 금세 혓바닥이 건미역 형태로 말라버렸다. 음
료수라도 한 병 사서 건네주고 싶었지만 주머니 사정이 여의치 않
았다. 이따금 오가는 판매원의 손수레 위에 진열된 삶은 계란과 사
이다를 곁눈으로 보며 입맛만 쩝쩝 다셨다. 화중지병畫中之餠. 그야
말로 그림의 떡이었다.

용기를 내어 말을 건네려 해도 자꾸 망설여졌다. 눈치가 보여서
였다. 앞쪽에 마주보고 앉은 할아버지, 할머니가 아까부터 곱지 않
은 시선으로 바라보고 있었기 때문이었다. 남녀 중학생 둘이 한자
리에 나란히 앉아있는 모습이 고와 보이지 않는 모양이었다. 연신
헛기침을 하면서 이마에 주름살을 잡았다. 마치 못 볼 꼴이라도 보
았다는 표정이었다.

소변이 마려워 화장실도 가고 싶었다. 하지만 그마저도 쑥스러워
서 참고 있어야 했다. 내려야 할 역은 가까워오는데 승열은 아무 말

도 못하고 벙어리 냉가슴 앓듯 조바심만 태웠다. 아, 연착이라도 되었으면! 그랬으면 좋겠는데, 어찌된 기차가 연착도 되지 않고 속도를 더 내고 있었다. 어제 마산에 내려갈 때는 두 시간 가까이나 연착을 하더니? 야속한 기차였다.

승열은 더 이상 입을 다물고 있을 수가 없어서 몇 번이나 망설이다가 다시 용기를 냈다. 찰떡처럼 들러붙어 있는 입술을 힘들여 뗐다.

"저……."

"예! 할 말 있으면 해요!"

선미가 고개를 돌려 수줍은 표정으로 바라보았다. 바라보는 선미의 두 눈이 호수처럼 맑고 투명해 금방이라도 풍덩 빠져 한없이 가라앉을 것만 같았다. 게다가 견두산 능선처럼 오똑한 콧날에 진달래 꽃잎처럼 붉고 도톰한 입술이 아찔한 현기증을 불러 일으켰다.

"아, 아니에요. 피곤하면 좀 자라고요!"

승열은 슬그머니 눈길을 돌리고 말았다. 심장이 울렁거려 차마 오래 바라볼 용기가 나질 않았다.

"안 피곤해요."

또 대화가 이어지지 않고 어색한 침묵이 계속되었다. 무슨 말로 이야기를 이어갈까? 학교 얘기? 친구들 이야기? 아무리 머리를 쥐어짜 봐도 마땅한 소재가 없었다. 광한루 연못의 원한 맺힌 총각 얘기도 꺼내기가 꺼려졌다. 내용이 상황에 어울리지 않을 것 같았다. 그저 애꿎은 손가락만 쥐락펴락하면서 아까운 시간을 속절없이 흘려보냈다. 그러는 사이 기차는 기적을 울리며 어둠을 뚫고 달렸다. 그다지 빠르지 않은 속도로 어느새 구례역을 지나고 곡성역에 정차하는 기차. 이제 다음 역인 금지역에서 내려야 했다. 남은 시간은 30여 분. 그나마 다행히 앞에 앉아있던 할아버지 할머니는 곡성역에서 내렸다. 눈치를 볼 어른이 없어지자 승열은 한 번 더 용기를 내었다.

"저, 저……."

"예!"

"남원역에서 내리죠?"

싱거운 질문에 선미가 살짝 미소를 짓고 고개를 끄덕였다.

"나는 다음 역인 금지역에서 내려요."

"아, 예!"

만날 수 있느냐는 말이 나와야 하는데, 생각과 달리 엉뚱한 말만 새어 나와 스스로도 실망스러웠다.

"한 30분 정도 걸려요. 금지면에 있는 금지중학교 3학년이거든요."

"예!"

선미는 예! 예! 대답만 할 뿐 다음 말을 이으려 하지 않았다. 시험을 잘 못 봐서 말을 나누기가 싫은 모양이었다.

"혹시 집에 소 키우지 않아요?"

정작 할 말은 못하고, 초조한 마음에 불쑥 내뱉은 말이 하필이면 소 얘기였다. 에이! 용기 없는 놈! 졸장부 촌놈! 승열은 속으로 자기에게 욕설을 퍼부으며 선미의 대답을 기다렸다.

"안 키우는데요."

선미는 전혀 흥미를 나타내지 않았다. 차창에 비친 자신의 얼굴을 살피거나 교복을 매만지면서 이따금 헛기침만 거듭할 뿐이었다.

"나는 송아지를 사다가 키운 지 3년 됐어요. 내 동생이라는 의미로 이름을 끝열이라고 지었는데 벌써 어미 소가 되었어요. 6월에 송아지를 낳았거든요."

승열은 선미가 듣거나 말거나 끝열이가 낳은 암송아지에 관한 얘기를 주절주절 늘어놓았다. 눈, 코, 귀, 입부터 시작해서 등마루, 꼬리, 앞다리, 뒷다리, 발톱 생김새, 어미젖을 빠는 모습까지 줄줄이 떠벌렸다. 그런데도 선미는 여전히 차창에 시선을 둔 채 자세를 바꾸지 않았다. 깊은 생각에 잠겨 승열이의 존재를 아예 잊은 것 같았다. 승열은 속이 까맣게 타 콧구멍으로 검은 연기가 콸콸 새어 나올 판이었다.

기차가 터널을 통과한 후 길게 기적을 울렸다. 이제 10분이면 금 지역에 도착할 것이었다. 마른침을 한 번 삼킨 승열은 혼잣소리로 마지막 말을 늘어놓았다.

"학자금을 마련하기 위해 한 달 후에 끝열이 새끼를 팔아야 해요. 우리 사람들과는 달리 짐승들은 정말 불쌍해요. 어미와 새끼가 강제로 이별을 해야 하니……. 송아지하고도 정이 많이 들었는데, 헤어지기가 무척 아쉬워요."

자신도 모르게 헤어지기가 아쉽다는 말에 힘이 실렸다. 선미를 더 이상 볼 수 없다는 사실이 가슴을 아리게 했다.

침울해진 승열은 차마 만나자는 말을 못하고 기차 바퀴 소리를 헤아렸다. 일정한 간격으로 반복되는 무쇠 바퀴의 마찰음 소리. 아마 백 번까지 헤아리기도 전에 기차는 금지역에 정차하겠지! 쉰둘, 쉰셋, 쉰넷! 손바닥에 땀이 고였다. 여든다섯! 여든여섯! 여든일곱! 바로 그때였다.

"저, 첫눈이 내리는 날 만나요."

"첫눈이요?"

선미의 제안에 승열은 뛸 듯이 기뻤다.

"예! 첫눈이 내리는 날!"

"눈이 안 오면요?"

"안 오면 못 만나는 거죠 뭐!"

하지만 선미의 시큰둥한 대답에 승열은 얼굴 표정이 굳어졌다. 장난으로 느껴지기도 했고, 자신에게 별 관심을 갖고 있지 않는 것 같아 서운하기도 했다. 승열은 다음 주 토요일인 12월 19일에 만나고 싶었다. 학교 마지막 시험인 2학기 기말고사가 18일에 끝나니까 19일이 가장 좋았다. 남원읍에서 만나서 광한루 오작교를 다시 건너보고 싶었다. 그런데 첫눈이라니? 첫눈? 막연했다. 오긴 오겠지만 언제 올지 모르는 일이었다. 늦으면 해를 넘겨 내년 1월 초에 올 수도 있는 것이었다. 그렇다고 만나지 말자고 할 수는 없고. 응해주고 말았다.

"네, 좋아요. 첫눈이 오는 날! 근데 어디서, 몇 시에요?"

"음! 요천 둑길에서 만나요. 저녁 일곱 시에요. 우리 집은 남원읍 향교리니까, 둑길을 따라 내려오다 보면 만나겠죠. 그쪽은 위로 올라오고요."

요천 둑길을 따라 남원읍 쪽으로 걸어가면 아마도 요천의 지류인 옥률천을 지나 100여 미터 더 간 지점이 중간일 것 같았다. 넉넉잡아 40분이면 갈 수 있는 거리였다.

기차가 금지역에 멈추자 승열은 다시 한 번 약속을 확인한 뒤 플랫폼으로 내렸다. 내려서서 선미가 탄 기차 꼬리가 어둠 속으로 완전히 사라질 때까지 지켜보았다. 미덥지 않은 약속이었다. 그러나 그 약속을 가슴에 고이 품고 집으로 향했다. 밤바람이 불어와 바짓단을 펄럭였다. 하늘에는 별이 빼곡하게 떠 은모래처럼 반짝거렸다. 유난히 예뻐 보였다.

승열은 틈만 나면 하늘을 올려다보았다. 매일매일 눈이 내리기만을 기다리느라 고개가 뒤쪽으로 45도 굳어버릴 정도였다. 그러나 닷새, 엿새를 지나고, 기말고사도 지나 이틀이 넘었는데도 학수고대하는 눈은 내리지 않았다. 이제 내일모레면 겨울방학이었다.

방과 후 교문을 나서서 집으로 가면서 승열은 하늘을 보았다. 실망스러웠다. 저녁하늘이 너무 맑아 눈은커녕 서리조차 내릴 것 같지 않았다. 눈아, 좀 내려라! 아예 신작로 한 곳에 말뚝으로 박혀서서 하늘 구석구석을 꼼꼼히 살폈다. 그러나 그 어디에도 눈을 내려줄 기미는 없었다.

"야! 너 왜 또 하늘을 올려다봐? 물 먹는 병아리 새끼마냥."

태석이가 핀잔을 주었다.

"오늘 눈 내릴까?"

"눈? 올 것 같지 않은데."

"눈 오면 뭐 좋은 거시 생기냐?"

태석이가 고개를 가로젓자 철남이는 어깨를 툭 치며 물었다.

"아니, 그게 아니고……."

"눈 오면 뭐가 좋냐? 등하교하기 불편하지! 집에서는 마당 쓸고 학교에서는 운동장 쓸어야 하고. 힘만 들어!"

남의 속도 모르고 태석이와 철남이는 눈이 내리지 않기를 바랐다.

"눈 쓰는 일이 조금 힘들기는 해도 세상이 다 깨끗해지니까 보기 좋잖아? 포근한 느낌도 주고."

승열은 입에 침이 마르도록 눈 예찬론을 펼쳤다. 눈이 많이 내리면 풍년도 들고, 둥그렇게 뭉쳐 눈사람도 만들고, 목이 마를 때는 먹어도 되고, 현미경으로 본 결정체는 또 얼마나 예쁘냐 등등.

8
눈사람

첫눈이 내린 날은 방학을 하고 이틀이 더 지난 12월 23일 크리스마스 전전날이었다. 참새 떼의 합창 소리에 눈을 떠 마루로 나가자 세상이 온통 새하얬다. 첫눈치고는 너무 많이 내려 마당에 있는 바지랑대가 두 뼘이나 묻혀있었다. 승열은 감탄과 놀람과 기쁨의 눈으로 한참 동안 멍하니 바라보았다.

"눈이 많이 내렸구나!"

아버지가 뒤꼍에서 넉가래, 삽, 마당비를 가지고 나오면서 말했다.

"나도 치울게요."

"형도 나오라고 해라."

승열은 아버지, 형과 함께 신이 나서 마당에 쌓인 눈을 치웠다. 장딴지까지 푹푹 빠지는 눈을 넉가래로 밀어 담 밑에 쌓은 뒤 다시 싸리 빗자루로 깨끗이 마무리를 했다. 이마에 땀까지 났지만 조금도 힘들지 않았다. 하얀 눈을 보니 오히려 더욱더 힘이 솟았다. 아버지와 형이 웬일이냐며 왕방울 눈으로 바라보았다.

"앞으로 눈은 무조건 네가 치워! 너, 소질 있다."

형이 농담을 하고는 빗자루를 건네주었다. 3일 걸릴 일을 승열이가 힘을 써서 한 시간 만에 끝냈다며 아버지도 과장스런 칭찬을 해줬다.

해가 진 후 승열은 가족들 몰래 집을 나섰다. 하늘이 우중충했다. 그에 따라 멀리 보이는 산들도 회색 빛깔로 변해가는 중이었다. 어스름 바람이 부는 요천 둑길을 걸어 남원읍 쪽으로 계속 올라갔다. 어둠이 깔리자 둑길에는 사람 한 명 없었다. 둑길과 멀찍이 떨어져 주생면을 거쳐 남원읍으로 이어진 신작로에도 사람이 없기는 마찬가지였고, 차 역시도 보이지 않았다.

요천의 지류인 옥률천을 지나 200미터쯤 더 가자 저 앞쪽에서 누군가가 걸어오고 있는 모습이 흐릿하게 시야로 들어왔다. 왕버들 고목 너더댓 그루가 서있는 곳이었다. 뽀드득! 뽀드득! 눈을 밟는 소리도 귀에 잡혔다. 선미일까? 아닐까? 가슴이 두근거렸다. 좀 더 빠른 걸음으로 다가갔다. 선미가 틀림없었다.

"정말 왔네요?"

기쁜 마음에 목소리가 약간 떨렸다.

"그럼 와야죠. 나는 약속은 꼭 지켜요."

혹시 안 오면 어쩌나 걱정했었는데 와줘서 고마웠다.

"오느라 힘들었죠? 눈이 쌓여 길도 미끄럽고."

"두 번 넘어졌지만, 재밌었어요. 오랜만에 눈길을 걸었더니 정신이 맑아져 기분도 좋았고요."

그 말에 선미를 살펴보니 어깨하고 등에 눈가루가 허옇게 묻어있었다. 손이 닿지 않아 털지 못한 것 같았다. 승열은 머뭇거리다가 손을 내뻗어 살살 털어주었다. 그러고 나자 더 이상 할 말도 할 일도 없었다.

만나서 기쁘기는 하나 추운데 둑길에 마냥 서있을 수도 없고 그렇다고 어디 갈 곳도 없고. 둑길 오른쪽은 얼어붙은 요천이었고 왼쪽은 너른 눈벌판이었다. 시간은 자꾸 흘러 어색한 분위기가 형성되기 시작했다. 할 이야기를 좀 준비해 올걸! 후회가 되었다.

"눈이 내려 세상이 하얀 게 참 보기 좋아요. 춥지만 않으면 매일 눈이 내렸으면 좋겠어요."

"나도요."

선미가 오랜만에 눈 얘기를 꺼냈으나 승열은 짤막한 말로 받고는 끝이었다. 뭐라고 뒷말을 이어야 할지 생각나지 않았다. 용기도 없고 쑥스럽기도 해 선미와 시선을 맞추지 못하고 그저 발로 눈을 꾹꾹 밟는 동작만 반복했다. 그러면서 이따금 고개를 들어 흐릿한 밤하늘을 바라볼 뿐이었다. 선미도 시선을 둘 곳을 정하지 못하고 눈벌판과 요천을 번갈아 바라보거나 왕버들을 살피면서 딴전을 부렸다.

"우리, 눈사람 만들까요?"

한참 만에 승열의 입에서 별 생각 없이 튀어나온 말이었다.

"눈사람이요? 좋지요!"

선미가 흔쾌히 받아들였다. 그러더니 한술 더 떠 누가 더 크게 만드나 시합을 하자고 제안했다.

먼저 주먹만 한 크기의 눈 뭉치를 만든 승열과 선미는 서로 반대쪽으로 굴려가며 크기를 키웠다. 눈 뭉치는 금세 몸피가 불어나 채 10미터도 굴리지 않았는데 한 아름이나 되었다. 그래도 멈추지 않았다. 다시 제자리로 굴려왔을 때는 온 힘을 기울여야 할 정도로 커져 큼지막한 바위만 했다. 조금 작기는 했으나 선미 것 역시 상당한 크기였다. 몸통이 될 눈 뭉치를 왕버들 밑에 두고 아까처럼 다시 반대 방향으로 눈 뭉치를 굴려 머리통을 만들었다. 몸통에 머리통을 얹은 뒤 왕버들 나뭇가지를 주워 눈, 코, 입을 만들고 양쪽에

길쭉한 팔을 꽂아주니 제법 그럴듯한 눈사람 한 쌍이 완성되었다.

"와! 둘이 아주 예쁘게 잘 어울리네요!"

"이렇게 큰 눈사람을 만들어보기는 중학교 1학년 겨울에 형이랑 만들어보고 나서 처음이에요."

눈 얘기, 겨울 얘기, 친구 얘기, 학교 얘기 등을 자연스레 나누며 눈사람을 더 예쁘게 다듬느라 승열과 선미는 시간이 가는 줄도 몰랐다. 기온이 점점 낮아져 몸이 으스스 떨리고 참지 못할 정도로 귀가 시려서야 승열은 시간이 많이 흘렀다는 걸 알아챘다. 큰 매형한테 선물 받은 미제 중고 손목시계를 보니 자정 40분 전이었다.

"아차! 이제 가야 되잖아요? 통행금지 시간 되기 전에요."

"네, 가야죠!"

"다음엔 언제 만나요? 또 눈 오는 날에요?"

승열은 내일이나 모레 또 눈이 내리기를 빌면서 물었다.

"아니요. 우리 이제 시험 발표 난 후에 만나요. 나, 언니랑 고모네 집 몇 곳 갔다 와야 해요. 대구, 청주, 서울 그리고 목포요. 너무 오랫동안 찾아뵙지 못했다고 아버지가 한 바퀴 돌아서 오랬어요."

시험 발표 날이라면 아직 20일 넘게 남아있었다. 그때까지 만날 수 없다니? 갑자기 가슴이 먹먹해지고 머리가 저릿했다.

"그렇군요. 그럼……."

"결과가 어떻게 나오든 꼭 나와요. 저녁 일곱 시에 여기 왕버들 밑 이 눈사람 앞으로요."

승열은 몇 번이나 뒤돌아서서 선미의 뒷모습을 쳐다보았다. 두 눈이 시큰하고 코끝이 시렸으나, 하얀 눈길을 걸어가는 선미가 콩 알만 한 검은 점으로 될 때까지 시선을 돌리지 않았다.

열흘 전에 와봤을 때는 멀쩡했는데, 누가 그랬는지 눈사람은 부 서져있었다. 승열이가 만든 눈사람의 머리가 떨어져 네다섯 조각으 로 변해버렸고, 선미가 만든 눈사람 역시 가슴에 발자국이 크게 나 움푹 파여있었다. 다시 머리를 만들어 올리고 파인 가슴도 채우려 고 눈을 뭉쳤으나 눈이 굳고 얼어서 뭉쳐지지 않았다. 다음에 습기 를 머금은 눈이 내리는 날 와서 고쳐야 될 것 같았다.

잠시 서서 위쪽 길을 살피다가 찬바람을 피하려고 몸을 돌려 왕 버들 고목으로 다가갔다. 고목에 몸을 기대고 머리만 내밀어 계속 위쪽 길을 살폈다. 5분, 10분, 시간은 쉬지 않고 흘러 7시 20분이 되었다. 그런데도 위쪽 길에는 사람의 기척이 없었다. 발자국 소리 도 들리지 않고 요천 변의 억새풀만 바람에 몸을 떨며 쏴르락 쏴르 락 울어댔다.

아무리 기다려도 선미는 오지 않았다. 초조하고 불안해서 발을 동동 구르던 승열은 위쪽 길로 천천히 걸어 올라갔다. 요천의 또 다른 지류인 광치천까지 가볼 심사였다. 약속은 꼭 지킨다고 해놓고 무슨 일이지? 시간을 잘못 알고 있는 게 아닐까? 혹시 독감에 걸려 누워있는 건지도. 아니면 집에 무슨 큰일이 생긴 걸까? 온갖 생각이 머릿속에 떠올라 낙엽처럼 맴돌았다.

눈사람이 있는 약속 장소에서 300미터쯤 되는 광치천까지 올라갔으나 선미의 모습은 보이지 않았다. 두 눈을 크게 뜨고 아무리 바라봐도 남원에서 내려오는 위쪽 둑길은 텅텅 비어있었다. 눈을 한 움큼 주워 입안에 넣고 녹여 먹으면서 타는 속과 목을 식혔다.

"안 오는 건지, 못 오는 건지……."

백을 셀 때까지 안 오면 그냥 돌아가기로 했다.

승열은 속으로 하나, 둘, 숫자를 세며 모든 신경을 두 눈에 집중시켰다. 그러면서 제발 와주기를 빌었다. 쉰을 넘어서자 숫자 세는 속도를 늦췄다. 느리게 세면서 좀 더 주의 깊게 위쪽 둑길을 살폈다. 그러나 기다리는 사람은 오지 않고 밤바람만 잔뜩 몰려와 승열의 뺨을 할퀴고 지나갔다. 옷깃을 여미고 고개를 들었다. 하늘에는 작은 별들이 드문드문 피어나 모래알처럼 반짝거렸다. 고개를 내려 우측 요천으로 돌리니 점점 더 거세지는 바람에 억새풀이 출렁출렁 큰 폭으로 움직였다. 그 모습이 꼭 많은 사람들이 무리를 이뤄 일제히 전진하고 일제히 후퇴를 하는 동작으로 보여졌다. 3·1만세운동 때 남원읍 시장터에서 수백 명의 사람들이 일제 경찰과 대치하여 밀고 밀리기를 반복했다는 장면이 눈앞에 그려졌다.

천천히 백까지 다 세었는데도 선미는 그림자조차 보이지 않았다. 실망감에 가슴이 허전했다. 아쉬움이 가득 담긴 한숨을 한 차례 길게 내뿜은 뒤 몸을 돌려 아래쪽으로 걸었다. 돌덩이라도 매단 듯 발이 무겁고 마음도 무거워 걸음이 잘 떨어지지 않았다. 열까지 센 다음에 뒤를 돌아보고, 다시 스물까지 센 다음에 또 돌아보고, 서른까지 센 다음에 또 돌아보고……. 그렇게 약 100여 미터 내려갔을 때였다. 무슨 소리가 얼핏 들린 것 같았다. 하지만 바람 소리겠지 여기고 다시 앞으로 서너 걸음 더 걸었다. 그 순간 또다시 들려왔다. 분명 바람 소리는 아니었다. 바람 소리에 다른 소리가 섞여 들려온 것이었다. 걸음을 멈추고 얼른 뒤를 돌아보았다.

저만치 50여 미터 지점에서 누군가가 뛰어오고 있었다. 선미였다. 어두워서 얼굴을 확인할 수는 없었지만 시커멓게 보이는 사람의 형태만으로도 승열은 선미임을 직감했다. 반가움에 가슴이 먹먹해진 승열은 선미를 향해 바람같이 달려가 바로 앞에 섰다. 숨을 고르며 선미를 살폈다. 그 사이 길어진 머리카락이 마치 버드나무 줄기 모양 밤바람에 출렁였다.

"왜 이렇게 늦었어요? 기다리다가 지금 돌아가는 중이었어요!"

목소리는 질책을 하는 음조였으나 심정은 늦게라도 와준 게 너무 기뻐 와락 껴안고 싶었다.

"미안해요! 집에 손님이 오셨는데, 나를 잡고 너무 길게 말씀을 하시는 통에 제때에 빠져나올 수가 없었어요. 정말 미안해요!"

둑길을 내내 뛰어왔는지 선미는 숨을 가쁘게 몰아쉬며 늦은 이유를 설명했다.

"왔으니까 됐어요. 저 밑에 눈사람 있는 데로 가요."

"그래요. 우리 눈사람 보고 싶어요!

'우리'라는 말을 듣자 승열은 기분이 좋아져 추위에 떨며 초조하게 기다리느라 애를 태웠던 기억이 모두 녹아 사라져버렸다. 그러나 이제 곧 부서진 눈사람을 보고 실망할 선미를 생각하니 마음이 가볍지가 않았다.

"아까 계속 요천 둑길을 살펴보았는데, 어디서 갑자기 나타난 거예요?"

"아, 저 위쪽 요천 둑길로 온 게 아니라, 저기 왼쪽으로 갈리는 광치천 둑길로 온 거예요. 그 길이 훨씬 빠르니까요. 저번에도 그 길로 왔고요."

그런 줄도 모르고 위쪽의 요천 둑길만 눈이 빠지도록 살펴본 게 쑥스러웠다. 광치천 둑길로 올라갔었더라면 다만 몇 분이라도 빨리 만날 수 있었을 텐데! 자신의 아둔한 머리가 싫어 허벅지를 꼬집었다.

"어머! 이게 어떻게 된 거예요? 누가 그랬어요?"

예상대로 선미는 눈사람을 보고 깜짝 놀라며 목소리를 높였다.

"아까 와보니까 이렇게 됐더라고요. 애들이 지나가다가 장난으로 그랬나 봐요."

"그럼 어쩌죠?"

"지금 쌓여있는 이 굳은 눈으로는 고치지 못하고, 다음에 습한 눈이 내리면 그 눈으로 고쳐야죠 뭐! 그러니까 너무 걱정 마요."

승열의 설명에도 선미의 슬픈 표정은 풀어지지 않았다. 아무 말도 않고 손으로 눈사람을 쓰다듬는 동작을 거듭했다. 그러는 선미를 지켜보며 승열은 마른침만 꿀꺽꿀꺽 삼켰다.

"저, 오늘 마산여고 합격자 발표 났지요?"

얼마간의 시간이 흐른 후에 승열이 조심스레 물었다.

"나긴 났는데……."

선미가 뒷말을 얼버무렸다. 불합격한 모양이었다. 우울한 표정이 망가진 눈사람 때문만이 아니고 시험 발표도 한 원인인 것 같았다. 늦게 나온 것도 올까 말까 망설이느라 그리된 게 확실했다. 손님의 말이 너무 길었다는 것은 아버지의 위로의 말이 그랬다는 것이고……. 승열은 자기는 합격했다고 말하기가 꺼려졌다. 쇳덩어리를 삼킨 듯 마음이 다시 무거워졌다. 그렇다고 입을 꾹 다물고 있으면 선미가 더욱 시무룩해할까 봐 위로의 말이라도 한마디 해주려고 머릿속을 뒤졌다. 어렵사리, 힘내요! 다음에 또 기회가 있잖아요!라는 말을 찾아냈다. 하지만 그 말이 목구멍을 타고 넘어와 입안에서

만 맴돌 뿐 좀체 밖으로 나오지 않았다. 괜히 잘못 말을 꺼냈다가는 오히려 선미의 마음을 더 아프게 할 것 같아 망설여졌다.

위로의 말을 건넨다는 게 이렇게 어렵다니? 차라리 나도 떨어졌으면 좋았을 것을! 입학시험에 합격한 것이 죄스럽기까지 했다. 이러지도 못하고 저러지도 못하고 애꿎은 뒤통수를 긁적이면서 저ㅡ! 저ㅡ! 소리만 반복하고 있는데 선미가 눈사람을 쓰다듬던 동작을 멈추고 몸을 돌렸다. 그리고 먼저 입을 열었다.

"좋은 등수로 붙질 못했어요."

"예에?"

승열은 깜짝 놀라 눈을 휘둥그렇게 치떴다. 좋은 등수로 붙질 못했다고? 그렇다면 합격했다는 말이잖아? 아니, 그 중대한 사실을 장난스레 얘길 하다니. 반가운 가운데 살짝 화가 나기도 했다.

"중간 등수로 겨우 합격했어요."

"그래도 합격이잖아요! 정말 잘됐네요. 축하해요!"

"마산상고는 어떻게 됐어요?"

선미의 물음에 승열은 얼른 대답을 않고 뜸을 들였다. 굳은 표정을 지은 뒤 다시 뒤통수를 긁적이며 딴전을 피웠다. 그러자 선미가 우울한 표정으로 눈치를 살폈다. 입술을 깨물고 마른침을 삼키는 걸로 보아 이번에는 선미가 위로의 말을 찾고 있는 모양이었다.

"나도, 겨우 합격했어요."

"어머! 정말이에요?"

"예! 오늘 점심때 면 우체국에 가서 전화로 확인했어요."

"와—!"

환호성을 내지름과 동시에 선미가 손을 덥석 잡았다. 그러더니 산토끼처럼 깡총깡총 뛰며 축하한다는 말을 수없이 반복했다. 승열이도 덩달아 뛰면서 같은 말을 되풀이했다. 자신의 합격보다 선미의 합격이 더욱 기쁘고 좋았다. 마치 하늘에라도 날아오를 것 같은 기분이었다. 선미 역시 기쁨을 주체할 수 없어 승열 주변을 맴돌며 야호!를 외쳤다. 승열이도 따라 돌며 야호!를 외쳤다. 두 사람이 외치는 야호 소리가 밤하늘로 멀리멀리 퍼져나갔다.

"눈사람은 내가 꼭 고쳐놓을게요. 우리 감자 구워 먹어요!"

"감자요?"

"예! 내가 몇 개 가져왔어요."

승열은 감자를 하나 꺼내 선미에게 보여줬다. 그의 점퍼 양쪽 주머니에는 홍시 크기의 감자가 여섯 개 들어있었다.

"감자를 여기서 어떻게 구워 먹어요?"

"다 생각이 있어요. 이리 와요!"

흰 눈이 쌓인 요천 둑을 대각선으로 내려간 승열은 커다란 배수관 앞에 섰다. 곧 선미가 뒤따라 내려오자 앉은 자세로 배수관 안으로 들어갔다. 배수관이 원체 커서 머리를 숙이고 토끼 걸음으로 걸으면 안으로 충분히 들어갈 수 있었다.

"자, 여기서 좀 기다려요."

"어디 가게요?"

"저쪽 논으로 가서 볏짚을 가져올게요."

감자를 꺼내놓고 반대쪽으로 빠져나간 승열은 논바닥에 높이 쌓은 볏짚 더미에서 마른 볏짚 세 단을 꺼내 들고 다시 배수관 속으로 돌아왔다. 우선 볏짚을 풀어 바닥에 조금 깔아 주저앉을 자리를 마련했다. 그리고 나서 나머지 볏짚을 수북이 쌓고 가운데에 감자를 넣었다.

"이제 이 볏짚에 불을 붙이면 감자가 익어요."

"맛있어요?"

"그럼요. 아주 맛있죠. 조금 뒤로 물러나 앉아요. 불꽃이 크게 일면 위험해요."

승열은 성냥개비 한 개를 꺼내 들고 성냥갑의 마찰 면에 조심스레 그었다. 그러자 치지직 소리와 함께 조그만 불꽃이 생겼다. 그 불꽃을 볏짚 밑에 대자 볏짚에 불이 붙고 연기가 피어올랐다. 즉시 자세를 낮추고 입 바람을 불어주자 불꽃이 점점 커졌다.

"어때요? 불이 있으니까 춥지도 않고, 감자도 구워 먹고, 좋지요?"

"네, 좋아요! 굴속에 들어앉은 너구리 같기는 하지만요."

"너구리요? 그럼 너구리 데이트라고 하지요 뭐!"

그 말에 선미가 승열을 바라보며 와하하! 웃었다. 승열이도 짚불 빛에 발그스름하게 변한 선미의 얼굴을 바라보며 크게 따라 웃었다. 두 사람의 맑은 웃음소리가 배수관 속에서 오랫동안 메아리쳤다.

붉게 타오르던 불길이 마침내 다 사그라지고 검붉은 재 무덤만 소복이 남았다. 승열은 열기가 식을 때까지 잠시 더 기다렸다가 발로 재 무덤을 조심조심 헤쳤다. 그러자 동그란 감자 여섯 개가 모습을 드러냈다.

"에이! 뭐예요? 새까맣게 다 타버렸잖아요?"

"타긴 탔지만……."

그중 한 개를 집어 든 승열은 감자를 둘로 쪼갰다.

"자 봐요. 겉은 탔지만 속은 멀쩡해요."

"어머!"

승열과 선미는 감자를 나눠 먹으면서 이야기를 주고받았다. 선미와 마찬가지로 지난번에 만났을 때보다 훨씬 마음이 편해진 승열이도 많은 이야기를 털어놓았다. 간간이 배수관 속으로 바람이 불어닥쳐 재 가루를 날리기도 했으나 두 사람은 마주 앉은 자세를 유지한 채 대화를 나눴다.

"참, 꿈이 뭐예요? 마산상고로 진학한 이유가 있을 거잖아요?"

"내 꿈은 은행원이에요. 나중에는 지점장 정도 되는 거고요. 은행원이 안정적인 직장이고 보수도 좋다며 중 3 때 담임선생님이 추천을 해줬어요. 생각해보니까 괜찮을 것 같더라고요. 적성에 맞는 것도 같고. 그쪽은요?"

"나는 국민학교 선생님이 되는 게 꿈인데요, 동시도 쓰고 싶어요. 부끄럽지만 5학년 때 상도 받았어요."

그 말을 조심스레 해놓고 선미는 몹시 수줍어하며 양쪽 뺨을 붉게 물들였다.

"그래요?"

"네! '내 얼굴'이라는 동시로요. 윤석중 선생님 같은 그런 동시를 쓰고 싶어요."

"윤석중 선생님요?"

"네! 그 유명한 '어린이날 노래'하고 '졸업식 노래' 가사를 쓰신 분이요. 그리고 '맴맴', '퐁당퐁당', '짝짜꿍', '달마중', '우산', '기찻길 옆' 등등 아주 많지요. 나도 어린이들을 위해 그런 밝고 따뜻한 동시를 쓰고 싶어요."

대부분 승열이도 알고 있는 것들이었다. 그중에 '퐁당퐁당'은 아이들과 즐겨 부르기도 했었다. 퐁당퐁당 돌을 던지자 누나 몰래 돌을 던지자 냇물아 퍼져라 멀리 멀리 퍼져라. 속에서 저절로 노래가 불려졌다.

잠시 말을 멈추고 다른 감자를 꺼내 반을 쪼개 건네며 선미가 대뜸 물었다.

"누구를 가장 존경해요?"

"유관순 열사요."

승열은 조금도 주저 없이 말했다. 철남이 할아버지가 3·1만세운동 때 고문 후유증으로 돌아가셨고, 또 집에 있는 몇 권의 위인전 중 유관순 열사 책을 가장 감명 깊게 읽었기 때문이었다.

"책에서 봤는데요, 어느 날 친구들이 칙칙폭폭! 칙칙폭폭! 하는 기차 소리를 동전 한 푼! 동전 한 푼! 하는 소리로 들린다고 하자, 유관순 열사는 대한 독립! 대한 독립! 하는 소리로 들린다고 했대요."

"나도 국민학교 때 그 책 읽었어요. 우리나라 아이들은 국민학교 때 그 책 거의 다 읽을걸요. 유관순 열사가 감옥에 갇혔는데, 3·1만세운동 1주년인 다음 해 3월 1일에 감옥에서 또 만세운동을 주도했다잖아요? 그것 때문에 더욱 가혹한 고문을 받아 끝내 숨을……."

말을 멈춘 선미가 남은 감자를 입에 넣고 오물오물 씹었다.

시계를 보니 11시가 넘어있었다. 헤어져야 할 시간이었다. 배수관에서 나와 둑길을 올라 눈사람 앞에 섰다. 하늘에는 겨울 달이 하얗게 떠있었고 바람은 잦아져 그다지 세지 않았다. 하지만 기온은 더 떨어져 입김이 담배 연기처럼 뿜어져 나왔다.

"집이 구체적으로 남원읍 어디예요?"

"향교리 만인의총 부근이에요."

"만인의총이요? 나, 거기 가봤는데. 국민학교 6학년 가을 소풍 그리로 갔었어요. 정유재란 때 남원성을 끝까지 지키다가 순절한 민·관·군 합장 무덤이잖아요?"

승열은 그때 인솔 선생님한테 들었던 내용을 기억해내 알은체를 좀 했다.

"맞아요, 정유재란! 1597년인 선조 30년 8월에 왜군 10만이 남원성을 겹겹으로 에워싸고 악랄하게 공격을 했는데, 그때 관군 4천 명과 남원성민 1만 명이 끝까지 싸우다 장렬히 전사하여 후일 한곳에 묻히게 된 곳이 바로 만인의총이죠! 성 안의 주민들은 부녀자와 아이들까지 모두 나와 왜군과 싸웠대요."

선미가 조금도 막힘없이 줄줄 설명을 덧붙였다.

"와! 어떻게 그렇게 자세히 알아요?"

"집이 바로 옆이니까 자주 놀러갔죠."

승열과 선미는 서로 중학교 졸업식이 있고, 또 고등학교 입학 준비로 바쁠 테니 만날 날짜를 멀찍이 잡고 아쉬운 작별을 고했다.

"조심해서 가요. 통행금지에 걸리지 말고."

순찰을 도는 지서 순경이라도 만나면 영락없이 하룻밤을 지서에 묶여있어야 했다.

"나는 샛길을 알아서 괜찮아요. 그쪽이나 조심해요."

"시골길로 가니까 오히려 내가 안전해요. 면의 조그만 지서라 순찰도 잘 돌지 않아요."

"알았어요. 그럼 그날 만나요."

"그래요. 그날."

점점 멀어져가는 선미의 발자국 소리를 헤아리며 승열은 집으로 향했다. 가는 길 내내 선미의 예쁜 얼굴이 앞에서 인도를 했고, 선미의 고운 목소리가 귓가에 산 메아리처럼 울렸다. 모든 게 아름다운 밤이었다.

승열은 아버지, 어머니께 인사를 드리고 서둘러 집을 나섰다. 형이 짐 보따리를 들어다 준다는 것도 마다하고 부지런히 발걸음을 옮겼다. 기차 시간이 아직 넉넉했으나 빨리 가서 기다리고 싶었다. 원래는 엄마가 동행하기로 되어있었다. 엄마가 따라가서 필요한 물건들을 마련해주기로 했으나 승열은 자기가 다 할 수 있다며 엄마를 설득했다. 날씨도 추운데 괜히 먼 길을 기찻삯이나 낭비하며 고생고생 갔다 오느니 차라리 진달래가 활짝 피는 4월에 아버지와 함께 와보라고 설득을 했었다. 그러자 엄마가 기특하다며 4월에 밑반찬을 잔뜩 만들어가지고 아버지와 꽃구경 삼아 와보겠다고 했다.

마을 앞 느티나무 밑에 이르자 친구 철남이가 기다리고 있었다. 어제 저녁에 만나 미리 작별인사를 했었는데도 헤어짐이 못내 서운했던지 또 나온 것이었다.

"뭐 하러 또 나왔어?"

"태석이는 전주로 가뿌고, 승열이 너는 마산으로 가뿌고. 우리 이제 은제 만나는 거시냐?"

태석이는 지지난 주에 기차를 타고 전주로 올라갔다. 미리 가서 공부할 게 있다면서, 4년 후 자기가 육사생도 복을 입고 내려올 때 만나자는 말을 남기고는 훌쩍 떠나가 버렸다.

"나는 두 달에 한 번은 온다고 했잖아? 이제 얼굴 봤으니 그만 들어가!"

그만 들어가라고 했으나 철남이는 짐 보따리를 빼앗더니 굳이 역에까지 들어다 주겠다며 앞장섰다.

"오늘 새벽에 와 그렇게 바람이 음청시레 부냐? 창문이 덜컹거려 한숨도 못 자부렀다. 승열이 너는 잘 잤냐?"

"나도 잘 못 잤지! 새벽 바람에 뒷동산 어린 소나무 부러지는 소리가 뚜둑 뚜둑 나더라!"

고개를 돌려 뒷동산을 바라보니 허리가 부러진 소나무 여러 그루가 시야에 잡혔다. 선조들 무덤이 있는 부근이었다.

금지역 앞에서 철남이를 돌려보내고 안으로 들어갔다. 그러고는 플랫폼 첫 부분으로 걸어가 서서 남원역 쪽으로 이어진 두 줄기 철로에 시선을 두고 기차가 나타나기를 기다렸다. 부모님 곁을 떠난다는 서운함, 혼자 살게 된다는 해방감, 고등학생이 된다는 기쁨이 교차되어 다소 복잡한 감정이 일렁였다. 하지만 선미와 같은 도시에서 3년간 고교 생활을 하게 된다는 설렘이 더 컸다.

부모님과 친구들 그리고 선미에게 부끄럽지 않게 열심히 공부해 반드시 꿈을 이루리라! 다짐을 되새기며 철길 끝을 바라보기를 한참, 드디어 기적 소리가 들려왔다. 그 어느 때보다도 반가운 기적 소리였다. 곧 철로 끝에 기차가 모습을 드러냈다. 승열은 철로를 따라 역으로 다가오는 기차가 오로지 자기만을 위해 오고 있는 것처럼 느껴졌고 덜컹거리는 기차 소리보다 더 큰 소리로 가슴이 뛰었다. 기관차부터 시작해 객차가 차례차례로 눈앞을 지났다. 위치를 알리려고 선미가 창문으로 내다보고 손을 흔들 줄 알았는데 그러지 않았다. 미처 못 봤거나 지나친 모양이었다.

기차가 멈추기도 전에 승열은 서둘러 올랐다. 몇 시 기차라고만 했지 몇 번째 칸이라고는 안 했기에 선미를 찾으려면 한 칸 한 칸, 한 좌석 한 좌석 다 찾아봐야 했다. 어쩌면 선미가 먼저 보고 손짓을 할 것이었다. 맨 뒤쪽 칸으로 들어갔다. 의외로 승객이 많았다. 대충 둘러보니 통로에 서있는 승객들도 족히 30명은 되었다. 남원역은 그래도 큰 역이니까 표 예매를 했을 테니 선미는 자리에 앉아

있을 공산이 컸다. 서있는 승객들보다는 앉아있는 승객들을 살피며
앞으로 나아갔다. 그러나 선미는 여전히 눈에 띄지 않았다. 전체
열량의 객차 중 다섯 칸을 꼼꼼히 살펴봤는데도 발견하지 못했다.
틀림없이 탔을 텐데? 이상한 일이었다.

여섯 번째 칸을 지나 일곱 번째 칸으로 들어섰다.

"오징어 땅콩-! 삶은 계란-!"

특이한 음색과 억양으로 소리치는 판매원의 목소리가 먼저 귀에
들렸다. 유난히 서있는 승객들이 많은데다가 판매원의 손수레가 통
로를 막고 있어서 앞으로 나아가기가 어려웠다. 4, 5미터 가다가 손
수레가 지나기를 기다리면서 고개를 옆으로 길게 빼 앞쪽 좌석을
살폈다. 그때였다. 단번에 눈으로 들어오는 얼굴 하나. 선미였다. 선
미가 앞쪽 여섯 번째쯤의 좌석에 앉아서 이쪽을 바라보며 살짝 미
소를 지었다. 단정하게 자른 단발머리에 검은색 코트 차림이라 하
얀 얼굴이 더욱 하얗게 보였다. 승열은 서있는 승객들을 밀치고 힘
겹게 손수레를 통과해 부지런히 선미에게로 다가갔다.

선미가 앉아있는 좌석에서 두 번째 전 좌석까지 가자 선미가 의
미 있는 눈짓을 했다. 눈으로 옆에 앉은 사람과 앞에 마주 보고 앉
은 사람 둘을 번갈아 가리켰다. 그제야 알아채고 조심스레 가까이
간 승열은 곁눈으로 함께 앉아있는 세 명의 승객들을 살폈다. 바로
옆, 쪽 진 머리에 비단 두루마기를 입은 아주머니는 선미 엄마가

분명했고, 맞은편 우측의 중절모를 쓴 콧수염 아저씨는 아버지 같았다. 그리고 중절모 아저씨 옆에 앉은 양복 차림의 청년은 군 입대 예정이라는 작은오빠로 여겨졌다. 대학생이라는 작은언니의 모습은 보이지 않았다. 막내딸의 입학식에 아버지, 어머니, 작은오빠가 함께 가는 게 확실했다.

마산까지 선미와 둘이 함께 가기로 했는데 일이 틀어지다니? 이를 어쩌지? 잠시 고민하다가 일단 모르는 척 선미를 통과해 객차 밖으로 나갔다. 그러고는 생각에 잠겼다. 아무래도 함께 갈 수는 없고, 마산에서 만나자고 해야 할 것 같았다. 선미가 화장실에 간다고 말하고 좀 나오면 좋으련만! 객실 출입문 유리창으로 통해 살며시 안을 살폈다. 순간, 선미 오빠와 시선이 정면으로 마주쳤다. 가슴이 덜컹 내려앉아 얼른 시선을 피했다. 차갑고 날카로운 눈빛이었다.

가방에서 공책을 꺼내 한 장을 뜯었다. 그리고 모레 입학식 끝나고 저녁 다섯 시에 중앙 부두 열일곱 번째 벤치에서 만나자고 적었다. 지난번에 교복을 맞추려고 왔을 때 봐뒀던 곳으로 마산여고에서나 마산상고에서나 그리 멀지 않은 장소였다. 메모 쪽지를 딱지처럼 접어 주머니에 넣었으나 전해주는 게 문제였다. 생각 끝에 용기를 내 책가방과 짐 보따리를 들고 객실 안으로 들어갔다. 그러고는 통로를 네 차례나 오가면서 헛기침으로 신호를 보냈지만 선미는 좀체 밖으로 나올 기미를 보이지 않았다.

기차 바퀴의 덜컹거림을 헤아리면서 20분쯤 지났을 때 승열은 다시 객실 안으로 들어갔다. 그런 다음 선미가 있는 좌석으로 가서 책가방과 짐 보따리를 선반 위에 올리고 선미 아버지 옆에 붙어 섰다. 선미 어머니가 눈을 위로 올려 슬쩍 바라보았고 선미는 매우 불안해하며 멀리 가라는 눈짓을 보냈다. 그러거나 말거나 승열은 한 손을 주머니에 넣어 쪽지를 잡고는 전해줄 기회를 노렸다. 아까 계산한 바로는 두 번 정도 기회가 올 것이었다.

괴목역을 지나서 드디어 첫 번째 기회가 왔다. 기차가 병풍산터널로 들어서는 순간 객실의 전등이 모두 꺼졌다. 얼른 쪽지를 꺼내 선미의 무릎에 떨어뜨리려는 찰나, 기차가 너무 심하게 흔들려 반사적으로 좌석 등받이를 짚고 말았다. 실패였다. 전등불이 들어오자 승열은 선미에게 좌석 등받이를 짚고 있는 자기의 오른손을 보라고 눈짓을 했다. 선미의 시선이 즉시 오른손으로 향하자 승열은 손가락 두 개를 펴서 손바닥에 전해줄 쪽지가 있음을 확인시켰다. 그러고는 기차가 다음 터널에 들어갈 때 네 무릎에 떨어뜨릴 테니 잘 받아 얼른 감추라는 눈신호를 보냈다. 선미가 알았다고 눈을 끔뻑하고 가방에서 책을 꺼내 무릎 위에 펼쳤다.

기차가 개운역을 지나자 승열은 손바닥에 자꾸 땀이 났다. 기차는 곧 동운터널로 들어갈 것이었다. 기차가 터널에 진입 시 객실 전등불이 꺼지는 시간은 불과 2, 3초간. 이번에 실패하면 더 이상 터널이 없어! 쪽지를 전해줄 기회는 사라지고 말아! 마산역에 내려서도 가족과 함께 움직이는 선미에게 쪽지를 전해주기란 불가능에 가까웠다. 선미가 가족 몰래 잠시 다가오면 몰라도, 엄격하고 무섭다는 아버지와 오빠의 시선을 피해 그렇게 할 확률은 영이나 마찬가지였다. 초조해서 손가락이 가늘게 떨렸다. 하지만 입을 굳게 다물고 준비를 했다. 기차가 크게 흔들릴 것에 대비해 왼손으로 선미 어머니 머리 뒤 등받이를 단단히 잡았다. 이윽고 기적을 크게 울린 기차가 동운터널로 들어갔다. 그 순간 객실은 전등불이 꺼져 캄캄했다. 이때다! 오른손을 잽싸게 뻗어 선미의 무릎 위에 쪽지를 떨어트렸다. 그러자마자 빠르게 손을 거둬들여 원래의 위치에 놓고 시치미를 뚝 뗐다. 이내 전등이 켜져 객실 안은 다시 환해졌다. 쪽지가 제대로 전달되었는지, 승열의 시선은 선미 무릎으로 번개처럼 날아갔다.

"……??"

하늘이 무심했다. 쪽지는 선미의 무릎 위에 펼쳐놓은 책에 떨어진 게 아니었다. 기차 바닥, 선미 오빠의 발치에 떨어져있었고, 다섯 사람이 동시에 그것을 발견했다.

9

소용돌이

　고등학교에 입학한 지도 벌써 사흘이 지났다. 모든 게 낯설었으나 흥미롭기도 했다. 특히 생소한 과목인 부기와 주산이 재미있었다. 주산은 이미 4급이나 된 아이들이 여러 명이었다. 담임인 사회선생님도 괜찮았고 짝이 된 송건우도 좋았다. 건우는 서글서글한 생김새만큼이나 성격도 시원시원해 금세 친해졌다. 하지만 바로 옆 줄에 앉은 민형두는 간혹 짧은 대화를 나누기는 해도 그다지 친하지 않았다. 형두는 뾰족한 턱 선과 날카로운 눈빛과는 달리 성격은 조용해 급우들과 잘 어울리려 하지 않고 혼자 지내는 편이었다. 그러나 수업 시간에 질문하는 걸 보면 매우 똑똑했고 학습 열의가 대단했다. 그는 점심 도시락도 늘 혼자 가만가만 먹었다. 조금 전에도 승열이가 함께 먹자고 말을 건넸지만 대답 않고 고개를 저었다.

"승열아! 너, 진주 안 가봤지?"

건우가 젓가락으로 김치볶음을 들어 올리면서 물었다.

"응! 안 가봤어. 왜?"

"내일 토요일에 우리 집에 같이 갔다가 일요일에 올래? 집에 가서 가져올 게 있거든."

뜻밖의 제안에 승열은 뭐라 대답해야 할지 몰라 밥을 씹던 동작을 멈추고 멀뚱멀뚱 건우를 쳐다봤다. 서로 안 지 며칠이나 됐다고 집에 함께 가서 자고 오자는 걸까? 하숙집도 아니고. 고마웠지만 의아스럽기도 했다.

"싫어?"

"너희 집 멀잖아?"

"멀긴 뭐가 멀어? 버스 타고 한 시간 반 정도면 가. 토요일이나 일요일에 다른 약속 있어?"

"아니. 약속 없어!"

토요일도, 일요일도 약속은 없었다. 아직 대부분의 선생님들이 숙제를 내주지 않기에 할 일도 없었다. 빨래도 하숙을 하고 있는 이모할머니가 다 해주어 간단히 예습 복습을 한 다음 마산 시내 지리나 좀 익힐 계획이었다. 그리고 시간이 남으면 중앙 부두에 나가 바다 구경을 할 생각이었다. 나흘 전 입학식이 끝나고 저녁 다섯 시에 중앙 부두 열일곱 번째 벤치에서 선미를 만났었다. 바닷바람이 쌀쌀했지만 나란히 앉아 넓고 푸른 바다를 바라보면서 과자를 나눠 먹었고, 입학식 전날 기차 안에서 있었던 쪽지 얘기를 하며 킥킥킥 웃었었다.

남원에서 마산으로 오던 그날, 기차 바닥에 떨어진 쪽지를 다섯 명이 동시에 봤을 때 승열은 두 눈을 꼭 감고 말았다. 들켰구나! 이제 무척 혼이 나겠지! 그 생각이 우선 들었으나 빠르게 머리를 굴려, 선미는 아무것도 모르고 자기가 일방적으로 쪽지를 던진 거라 말하기로 각오했었다. 그렇게 각오하고 다시 눈을 뜨니, 이게 뭐지? 선미 오빠가 허리를 굽히고 팔을 뻗어 막 쪽지를 집으려는 순간이었다. 하지만, 그거 내 메모야! 선미가 먼저 잽싸게 주웠다. 이 책갈피에 넣어둔 건데 떨어졌어! 그 말과 함께 선미는 쪽지를 자신의 코트 주머니에 깊숙이 쑤셔 넣었다. 아주 태연한 표정이었고 자연스런 동작이었다. 그때 나, 십년감수했어요! 그 순간을 생각하며 선미가 한숨을 길게 내뿜자, 나도요! 승열이도 따라서 긴 한숨을 내쉬었다. 정말이지 심장이 멎을 것 같았던 순간이었다.

푸른 바다 위를 자유롭게 나는 하얀 갈매기 무리를 얼마간 살펴보던 선미는 학교 얘기를 꺼내더니 입학 첫날부터 선생님들이 숙제를 왕창왕창 내주어 앞으로 시간이 없을 거라며 투덜대기도 했다. 헛생각하지 말고, 죽을 각오로 오로지 공부에만 전념하라면서 선생님들이 겁을 팍팍 줬다는 말이었다. 그리고 새로운 친구들 얘기, 흥미 있는 과목 얘기, 문학반에 가입할 거라는 얘기, 아버지 친구 분 집에서 하숙을 한다는 얘기 등을 늘어놓았다. 또한 술에 취한 사람 몇이 곧 있을 정·부통령선거 얘기를 하며 지나가자, 자기는 여자라서 선거나 정치에 전혀 관심이 없고 앞으로도 없을 거라는 말도 털어놓았다. 그렇게 이야기를 나누다가 해가 지고, 노을이 지고, 밤하늘에 별이 총총히 뜬 뒤에야 다음 달 4월 10일 일요일에 같은 장소에서 만나기로 약속을 하고 헤어졌었다.

"야, 왜 웃어?"

건우가 어깨를 쳤다.

"어? 아니야. 다른 생각을 좀 하느라고."

"우리 집에 갈 거야, 말 거야?"

"그래! 가자!"

가기로 했다. 왠지 가보고 싶었다. 진주가 어떤 곳인지, 건우는 어떤 집에서 살았었는지, 가족은 어떤 사람들인지 알아보고 싶었다.

토요일, 웅얼거리는 소리가 들려온 것은 4교시를 시작한 후 채

10분이 지나지 않아서였다. 웅얼거림과 치직거림이 섞인 소리가 창문 틈을 통해 들어와 교실 안에 울려 퍼졌다. 조용한 수업 시간이라 그 소리는 상당히 신경을 쓰이게 했다. 모두들 창문 밖으로 고개를 돌렸다. 칠판에 한반도 지도를 그리던 사회선생님도 동작을 멈추고 창문 밖을 바라보았다.

"대체 뭐라는 소리야?"

"잡음이 심해 잘 모르겠는데요."

앞쪽에 앉은 임시 반장이 뒤통수를 긁적이며 어정쩡하게 대답했다.

"좀 더 조용히 하고 잘 들어봐! 뭔 소린지."

선생님의 지시에 모두 귀를 잔뜩 기울여 들었으나 잡음이 심해 무슨 말인지 알 수가 없었다. 함성 소리 같기도 하고 기계 소리 같기도 하고 확실하지 않았다. 확실하지 않으니까 그게 오히려 궁금증을 유발시켜 더욱 신경이 쓰였다. 게다가 그 소리는 점점 커지고 있었다.

"확성기 소리 같아요, 선생님!"

"확성기?"

선생님이 창문으로 다가가서 까치발을 했다. 그 자세로 교문 밖을 이리저리 살폈다. 하지만 소리가 들려오는 근원지를 찾지 못했는지 고개를 갸웃거렸다. 학교 담장과 가로수에 가려져 보이지 않는 모양이었다.

"아, 그거 참! 대체 왜 저러는 거야? 수업 방해되게."

참다 못한 선생님이 짜증을 냈다.

잠시 후,

"아, 저 차였군!"

"무슨 차예요?"

다시 교탁으로 돌아가서 선 선생님이 빙그레 웃었다. 담임인 사회선생님은 서울 명륜전문학교를 나온 사람으로 하얀 얼굴에 동그란 안경을 쓴 모습이 인상적이었다. 안경 너머의 반짝이는 눈과 카랑카랑한 목소리 또한 빼놓을 수 없는 특징이었고, 전체적으로 반듯하고 깔끔한 외모가 호감이 갔다.

"이달 15일에 제4대 정·부통령선거 있잖아? 그 선거에 유권자는 한 명도 빠지지 말고 투표하라는 선거관리위원회의 독려 방송 차야."

그제야 아이들이 고개를 끄덕거렸다.

"학교 앞에서는 잠시 중단하고 빨리 지나가야지. 찌직거리면서 굼벵이처럼 느릿느릿……. 교양이라고는……. 쯧! 쯧! 교과서나 좀 읽자! 어디, 누가 읽을까?"

찡그린 얼굴로 혀를 끌끌 찬 선생님이 아이들을 둘러보았다. 마치 먹잇감을 찾는 독수리처럼 두 눈을 가늘게 뜨고서 좌우로 두세 차례 훑었다. 지명을 당할까 봐 대부분의 아이들은 고개를 숙이고 선생님의 눈치를 살폈다.

"읽어볼 사람 없어?"

"저요!"

선생님이 물어보기가 무섭게 누가 큰 소리로 대답했다. 옆 좌석에 앉은 민형두였다.

"오, 그래! 네가 일어나서 큰 소리로 또박또박 읽어! 저 확성기 소리 안 들리게."

민형두가 일어나 교과서를 읽기 시작했다. 목에 힘을 주고 우렁찬 목소리로 천천히 읽어나갔다. 승열이도 교과서에 시선을 고정하고서 속으로 따라 읽었다. 하지만 짝 건우는 창밖의 확성기 소리에 귀를 기울이고 있는 눈치였다. 엉덩이를 살짝 들고 고개를 돌려 창밖을 내다보았다. 창밖에서는 민주 시민의 권리니, 올바른 일꾼이니, 국가의 미래니 하는 단편적인 말들이 소음에 섞여 계속 들려왔다.

"그만! 거기, 창밖 힐끔거리는 놈! 너 일어나 봐!"

기어코 들켜버린 건우가 깜짝 놀라 당황해하며 주춤주춤 일어났다.

"왜 자꾸 창밖을 보는 거야?"

"저, 그, 그게……."

건우는 대답을 못 하고 우물쭈물 망설이기만 했다.

"너, 어디서 왔어? 어느 중학교 출신이냐고?"

"진주중학교 출신입니다."

"너, 이번 정·부통령선거에 관심이 많은가 본데, 민주선거의 4대 원칙이 뭔지 말해봐! 못 대면 1주일간 화장실 청소다."

아이들이 일제히 우-! 소리를 냈다.

"평등선거, 직접선거, 비밀선거, 그리고……."

잘 나가던 건우가 갑자기 말을 멈추더니 나머지 하나를 대지 못했다. 그러자 선생님이 다그쳤다.

"그리고 나머지 하나는 뭐야?"

승열은 조그마한 목소리로 '보통'이라고 말했다. 그러나 못 들었는지 건우는 계속 대답을 하지 못했다. 선생님이 노기 섞인 목소리로 재차 물었다. 그래도 대답을 못 하기에 승열은 손바닥으로 입을 가리고 '보통선거'라고 좀 더 크게 말했다. 그제야 방금 생각이 났다는 듯 건우가 큰 소리로 대답하고서 안도의 한숨을 내쉬었다.

하지만 거기서 끝이 아니었다.

"그게 뭔지 각각 풀어서 자세히 설명을 해봐!"

방금 전과는 달리 걱정의 한숨을 내쉰 건우가 어렵게 입을 열고 설명하기 시작했다.

"평등선거는 유권자 모두에게 한 표씩 평등하게 주는 거고, 직접

선거는 유권자 자신이 직접 투표를 하는 거고, 비밀선거는……, 비밀선거는……."

또 말문이 막힌 건우는 '비밀선거는'을 반복하면서 뒤통수를 긁적였다.

그 모습이 안타까운 승열은 다시 알려주기 위해 손바닥으로 입을 가렸다. 그러고는 막 입술을 떼려는데,

"그 옆에 짝! 네가 일어나서 말해봐!"

지명을 당한 승열이 일어나 선생님을 바라보았다. 표정이 약간 굳어있었고 건우에게 힌트를 주는 걸 이미 알고 있었다는 눈빛이었다.

"평등선거는 모든 유권자에게 동등하게 1인 1표의 투표권을 인정해서 투표 가치를 평등하게 취급하는 것이고, 직접선거는 유권자가 대리인이나 중간 선거인을 거치지 않고 본인이 직접 투표하는 것이고, 비밀선거는……, 비밀선거는…….'

공교롭게도 승열이 역시 거기서 말문이 막히고 말았다. 중학교 때 배워서 틀림없이 알고 있는 내용인데 아무리 애를 써도 생각이 나지 않았다. 무슨 마법에 걸려 기억이 일시에 지워지고 혀가 마비된 것만 같았다. 머리를 쥐어짜느라 이마에 비지땀이 맺혔다.

"머잖아 민주 시민이 될 텐데, 그것도 확실히 모르면 어떡해? 어디, 자신 있게 설명할 수 있는 사람?"

"저요!"

또 민형두였다. 민형두가 손을 번쩍 치켜들고 일어나서 막힘없이 설명했다.

"비밀선거는 공개선거에 대립되는 말로, 유권자가 어느 후보자에게 투표를 하는지 본인 외에 아무도 알 수 없게 하는 것입니다. 그리고 보통선거는 재산이나 납세액, 그밖에 사회적 신분·인종·신앙·성별·교육 등을 요건으로 하지 않고 일정한 연령에 달한 모든 국민에게 투표권을 인정하는 선거 원칙을 말합니다."

톡 부러지는 민형두의 설명에 선생님은 흡족한 미소를 띠었고 아이들은 한참이나 박수를 쳐주었다.

4교시가 끝났음을 알리는 종소리가 들려오자 담임은 수업을 마치고 곧바로 종례로 들어갔다. 학급 담임을 맡은 지 아직 1주일도 안 되어 이름을 다 못 외우니까 양해해달라고 운을 뗀 다음, 다음 주 이 시간에 학급 반장 부반장 선거를 하겠으니 친구들을 잘 봐뒀다가, 적격이라고 생각되는 인물을 추천하라고 말했다. 그러고 나서 이런저런 사항을 전달하고, 승열이와 건우에게 1주일간의 화장실 청소를 명한 후 교실 밖으로 나갔다.

하숙집으로 간 승열은 점심을 먹은 다음 이모할머니에게 진주 친구네 집에 갔다 온다고 말하고 시외버스터미널로 향했다. 아래는 진회색 사복 바지, 위는 털 스웨터와 감청색 점퍼, 그리고 머리에는 교모를 쓴 차림이었다. 빠른 걸음으로 30분쯤 걸어 도착하니 건우가 먼저 와서 기다리고 있었다. 건우는 단정한 교복 차림이었다. 그러고 보니 교복 차림의 학생들이 꽤 보였다. 자신은 교복을 아끼려고 안 입었지만, 3년 동안이나 입을 것을 생각해 품을 넉넉하게 맞췄기에 사실 교복이 편하기는 했다.

"사복을 입고서 웬 교모까지 썼어?"

"빡빡머리 창피하잖아!"

교모를 벗고 올까도 생각했었는데 머리를 너무 짧게 깎아서 창피했다. 머리카락이 2, 3센티 정도 자라려면 한 달 보름은 걸릴 터였다.

"창피하기는 뭐가 창피해?"

"그럼 너는 벗고 가!"

농담으로 말하자 건우가 정말 교모를 벗어 들고 히죽이 웃었다. 반질반질한 머리에 햇빛이 비쳐 눈이 부신 게 꼭 절간의 스님 같았다.

버스로 올라가서 자리를 잡았다. 사람들이 한 명 두 명 올라와 버스는 이내 꽉 찼다. 승객들이 나누는 말소리에 버스 안은 왁자지껄했다. 온갖 이야기가 다 섞여있었으나 남자 어른들은 온통 정·부통령선거 얘기였다. 버스는 시간이 많이 지났는데도 출발을 않더니, 안내양이 일일이 버스표를 확인하고 나서 '오라이'를 외치자 움직이기 시작했다. 그러나 계속 달리지 않고 길가에 수시로 멈춰 서서 사람을 태우고, 내리고 했다. 거기에 눈과 얼음이 녹지 않은 구간이 종종 나타나 거북이걸음으로 진행을 하기도 했다. 정말 한 시간 반 만에 진주까지 갈 수 있을는지 의심스러웠다.

"승열아, 민형두 걔 좀 건방지지 않니?"

"……!"

승열은 대답을 않고 차창 밖에 펼쳐지는 야산의 풍경을 바라보았다. 잔설을 밟고 서있는 앙상한 나무들이 아직은 추워 보였고 바람에 가녀린 가지를 심하게 떨었다. 양지쪽 밭두렁과 산등성에는 개나리꽃과 진달래꽃이 띄엄띄엄 보이기는 했지만, 들과 산에 가득히 피려면 아직 보름 정도 더 기다려야 할 것 같았다. 만약 강한 꽃샘추위라도 닥친다면 4월 중순쯤은 되어야 제대로 필 듯싶었다.

"그 자식! 알은체만 하고. 합천 출신이라는데, 졸업할 때까지 주산 2단, 부기 1급이 목표라더라. 집도 부자래. 아버지가 정미소를 크게 한다더라."

"그래?"

"응! 그렇대. 합천중학교를 수석 졸업했고 우리 학교 입학 성적도 상위권이었대."

승열은 민형두에게 은근히 라이벌 의식을 느꼈다. 자기는 아직 구체적인 학습 목표를 정하지 않았는데, 벌써 그렇게 확실한 목표를 세워놓고 꾸준히 노력을 하다니. 그다지 정이 가는 친구는 아니었으나 좋은 경쟁자라고 생각했다.

"건방지게 보일 수도 있지만, 나쁜 애 같지는 않았어! 그나저나 다음 주에는 꼬박 화장실 청소를 해야 하잖아?"

"으하하! 미안하다, 미안해! 나 때문에 너까지. 너는 구경만 하고 있어. 내가 다 할 테니까. 와-! 근데 어떻게 그렇게 생각이 안 나냐? 갑자기 깜깜해지더라고."

"나도 그랬어! 기억이 싹 지워져가지고……. 너무 당황해서 그런 거지 뭐!"

버스는 신작로를 구불구불 달렸다. 가파른 고개를 오르고 내리고, 멈추고 출발하고, 빠르게 느리게, 좌우로 흔들리기도 하면서 목적지인 진주를 향해 달려갔다.

건우네 집은 선학산 기슭의 작은 농촌 마을에 있었다. 정겨움이 물씬 풍기는 전형적인 초가로 두꺼운 송판을 간 마루와 마루 한쪽에 세워둔 커다란 뒤주가 시선을 잡았다. 할아버지, 할머니, 아버지, 어머니, 형, 누나, 동생 등. 식구는 모두 열한 명으로 대가족이었다. 모두들 반갑게 맞아주었고 안방에 둘러앉아 저녁을 먹을 때에는 이것도 좀 맛보라며 멸치볶음, 무장아찌, 비지찌개 등을 앞으로 밀어주기도 했다. 말을 들어보니 가족 모두 건우에게 거는 기대가 컸다. 고등학교에 진학한 사람은 집안을 통틀어서 건우가 처음이기에 친척들까지도 응원하고 있다는 것이었다.

"아버지, 어머니! 걱정 마세요. 제가 졸업하고 우선 시내 큰 상회에 취직을 해서 몇 년간 종자돈을 모은 다음 곧바로 내 장사를 시작할 거예요. 그래서 5년 안에 큼직한 점포를 장만하고 10년 안에는 3층 건물을 사고, 그리고 20년 안에는 무역회사를 차려 경상도 제일 갑부가 될 거예요. 자신 있어요."

숟가락을 흔들며 큰소리치는 건우를 가족들은 희망이 가득 찬 눈으로 바라보았다. 밤에는 둘이서만 이야기 나누다 자라고 형과 동생이 윗방을 내주고 사랑방으로 건너가기도 했다. 하나같이 배려심이 깊은 가족들에게 승열은 따뜻함과 고마움을 느꼈다.

다음 날 아침 진주 구경을 시켜준다는 건우를 따라 집을 나섰다. 한참을 걸어서 간 곳이 남강 언덕 위에 있는 진주성 사적지였다.

"여기가 그 유명한 진주성이야. 임진왜란 3대첩 중에 하나인 진주성전투가 일어났던 곳이지."

"그곳이 여기였구나!"

"응! 여기가 바로 그곳이야. 진주 사람들이 자랑스러워하는."

건우는 자기 고장의 역사에 대해 대단한 자부심을 갖고 있었다.

"3만 왜군이 진수성을 에워싸 가지고 공격을 가했으나 김시민 목사를 중심으로 모든 성민이 똘똘 뭉쳐 돌을 던지고 끓는 물을 들이붓고 해서 대승을 거두었어. 그게 바로 1차 전투로 진주대첩이라는 거야."

"2차 전투도 있었어?"

선미에게 들었던 남원성 전투 얘기와 비슷하다 생각하며 물었다.

"있었지! 1차 전투에서 대패했던 앙갚음을 하기 위해 다음 해에 무려 10만의 왜군이 몰려와 총공세를 펼쳤지. 그 바람에 결국 진주성이 함락되고 성민들은 잔인무도하게 학살을 당했지! 이리 따라와 봐!"

앞서가는 건우 뒤를 따라 좁은 절벽 길을 걸어 남강가로 내려갔다. 다 내려가자 건우가 바위 절벽에서 두 걸음 정도 떨어져 남강 물 위로 솟아있는 바위로 펄쩍 건너뛰었다. 승열이도 건너뛰자, 건우가 물었다.

"이 바위 이름이 뭔지 알아?"

"바위 이름? 바위에 무슨 이름이 있어? 아, 넓적바위."

"아냐."

"그러면 평상바위? 마당바위? 멍석바위?"

너르고 펑퍼짐한 바위의 생김새를 보고 그렇게 말했으나 건우는 연신 고개를 가로저었다.

"의암이야, 의암! 의로울 의자, 바위 암자! 그래서 의암!"

"이 바위가 무슨 의로운 일을 했는데, 이름을 그렇게 붙였어?"

대답은 않고 건우는 다시 바위 끝으로 가서 섰다. 그러고는 남강 물을 가리키며 와서 보라고 손짓을 했다. 조심조심 다가갔다. 혹시 또 광한루 연못에서처럼 모자를 떨어뜨릴까 봐 한 손으로 모자를 잡고 살며시 내려다보았다. 깊이를 알 수 없는 연녹색 강물이 크게 소용돌이치며 빠르게 흘러가고 있었다. 어지러웠다. 금방이라도 빨려 들어갈 것 같았다.

"너, 논개 알지?"

"기생 논개? 응! 어렸을 적에 대충 얘기 들었어!"

"그 논개가 왜장 게야무라를 유인해 꼭 껴안고 뛰어들어 함께 죽은 곳이 바로 여기야. 왜장이 물속에서 벗어나지 못하도록 논개는 열 개 손가락마다 옥가락지를 끼었대!"

그 말을 듣고 다시 아래를 보니 조금 전과는 달리 그리 어지럽지 않았다. 햇빛이 내리쬐는 투명한 녹색 물이 작은누나의 한복 치마처럼 아름다워 보였고 굽이도는 소용돌이가 빠르게 회전하는 팽이 같아 예뻤다. 승열은 양지쪽 바위 절벽에 핀 진달래꽃 한 송이를 따 와 강물 위로 던졌다. 의기 논개에게 바치는 헌화였다.

다시 절벽 길을 올라가 촉석루 난간에 서서 굽이굽이 돌아 바다로 흘러가는 남강을 바라보았다.

"논개는 참 대단한 여자야. 왜군이 진주성을 함락해 수많은 양민을 학살한 뒤 이 촉석루에서 주연을 벌였을 때 논개가 왜장을 죽이

기로 이미 작심을 하고 기생으로 참석을 한 거지! 논개는 원래 전
북 장수 출신으로 성은 주 씨였는데……."

건우가 논개에 대한 설명을 줄줄이 읊었다. 청산유수였다. 논개
의 성이 주 씨라는 말에 광주여고로 진학한 태석이 친구 주명희가
떠올랐다. 중학교 졸업식 날 승열은 태석, 명희와 교문을 배경으로
하고 셋이 나란히 서서 기념사진을 찍었었다. 여름방학 때 물싸움
심판 일 이후 서먹서먹하게 지내던 태석이가 먼저 제안을 하자 승
열이가 흔쾌히 응했었다. 양조장을 경영해 면에서 제1갑부로 손꼽
히는 명희네는 철남이네와 달리 할아버지가 친일파였다는 소문이
나돌았으나 확인되지는 않았었다.

"네 고향 남원에는 유명한 사람 누구 있냐?"

은근히 무시하는 말투에 승열은 눈살을 찌푸리고 짧게 대답
했다.

"많지!"

"많아? 누구? 탐관오리의 대명사 변사또? 으크크!"

변사또라 말해놓고 변형된 목소리로 웃는 건우가 얄미워 크게
대답했다.

"변학도는 남원 사람 아냐. 한양 사람이지! 춘향이가 있잖아!"

"춘향이? 춘향이가 실존 인물이야?"

"실존 인물이라는 설이 있어!"

승열과 건우는 춘향과 논개를 놓고 침이 마르도록 설전을 벌였다. 정절의 춘향이가 더 훌륭하다! 아니다! 충의의 논개가 더 위대하다! 침을 튀기며 해가 중천에 뜨도록 티격태격 말싸움을 해댔다.

"너는 그럼 나중에 춘향이 같은 여자 꼭 만나라, 나는 논개 같은 여자 꼭 만날 테니까."

"그거 좋지!"

진주성을 내려오면서도 건우는 김시민 장군에 대해 열심히 설명을 했다. 마치 역사 해설가처럼 막힘없이 설명을 하는 건우를 보니 만인의총에 대해 줄줄이 얘기하던 선미가 눈앞에 나타났다. 둘을 한자리에 앉혀놓고 역사 이야기를 나누라고 하면 며칠 밤이라도 세울 것 같았다. 승열은 다음에 기회가 오면 선미에게 건우를 인사시키기로 마음먹었다.

10

부담스런 초대

이모할머니가 저녁밥을 차려놓고 불렀으나 승열은 일단 속이 거북해서 나중에 먹겠다고 대답했다. 그러고서 또 고민에 빠졌다. 가야 할지, 말아야 할지, 갈등이 생겼다. 얼떨결에 고개를 끄덕거려 가겠다는 의사를 나타내긴 했지만 선뜻 집을 나서기가 꺼려졌다. 무엇보다 아무한테도 얘기하지 말고 혼자만 오라고 한 말이 마음에 걸렸다. 아무한테의 그 아무는 건우가 확실했다. 그렇기에 더욱 속이 거북했고 심기가 불편했다. 나중에 건우가 알게 되면 많이 서운해할 텐데, 가지 말까? 그래도 고개를 끄덕였으니 가야 하는 거 아냐? 진퇴양난이었다. 머리가 지끈지끈 아프도록 얼마간을 더 고민하다가, 어떻든 약속을 한 거니 일단 가보기로 했다.

발걸음이 가볍지 않아 언덕길을 천천히 내려갔다. 이미 날이 어둑어둑해 길바닥이 잘 보이지 않았다. 혹 그늘진 곳에 남아있는 빙판이라도 밟으면 미끄러져 넘어지기 십상이었다. 중간쯤 내려갔을 때 앞에서 거친 숨소리가 들려왔다. 머리에 수건을 둘러 감은 아주머니가 손수레를 끌고 경사진 길을 올라오는 중이었다. 손수레에는 호떡 틀과 연탄, 그릇 등 각종 잡동사니가 잔뜩 실려있었고 어린 두 딸이 뒤에서 미느라 낑낑거렸다. 도와주기 위해 빠르게 다가갔다.

"밀어드릴까요?"

"아이구! 그러면 고맙지!"

승열은 뒤에서 무학국민학교 5학년, 마산여자중학교 2학년이라는 아주머니의 두 딸과 손수레를 힘껏 밀었다. 며칠 전 저녁 이모할머니와 부림시장에서 장을 보고 오다가 아주머니를 만났었다. 아주머니는 무학국민학교 앞길 가로등 전신주 밑에서 행인들에게 호떡을 구워 팔고 있었다. 이모할머니가 짐을 들어주어 고맙다며 사주었던 호떡은 고소하고 달콤한 게 아주 맛있었다. 옆에서 이야기 나누는 걸 들으니 같은 골목에 살아서 이모할머니와 아주머니는 잘 아는 사이였다. 그때는 아침 열 시부터 시작해 밤 아홉 시가 넘어야 일을 마친다고 했었는데, 여섯 시가 조금 넘은 시간에 들어오는 게 이상해서 물었다.

"왜 벌써 들어오세요?"

"응! 반죽이 일찍 떨어졌어! 우리 큰딸이 도와줘서 빨리 팔았거든."

"쪼매 전에 울 언니야 미술반 친구들이 몰려와가 한꺼번에 많이 사갔어예!"

둘째 딸이 큰 목소리로 덧붙이며 언니를 바라보았다. 그러자 큰딸이 수줍어하는 얼굴로 헛기침을 두어 번 했다. 큰딸은 엄마가 호떡 장사하는 걸 부끄러워해 와보지도 않는다더니 마음이 바뀐 모양이었다.

"미술반 친구?"

손수레 뒤에 실려있는 이젤과 물감 박스, 캔버스를 보고 물었다. 누구에게 얻은 건지 나무 이젤과 유화 용품 박스는 매우 낡아서 버려야 할 판이었다. 밀가루 반죽 그릇 옆에 세워놓은 캔버스에는 그림이 그려져있었다. 거세게 몰아치는 파도를 헤치며 먼 바다로 나아가는 작은 고깃배 한 척이었다. 하지만 다 그리지 않아 위쪽 하늘 부분은 허옇게 빈 공간이었다. 흐릿하게나마 희망을 상징하는 태양을 그려 넣는다면 어울릴 것 같았다.

"예! 울 언니야 꿈이 화가라예! 그림 억수루 잘 그려예! 어제는 울 아부지……."

"그만하고 밀기나 해라!"

큰딸이 소리를 쳐 동생의 입을 막았다. 그 바람에 동생은 얼른 입을 닫았으나 언니 자랑을 못해서 입이 근질근질 하다는 표정이었다. 언덕길을 다 올라 우측 좁은 골목길로 들어갈 때까지 쉬지 않고 입술을 움직이며 언니의 눈치를 살폈다.

"화가가 되겠다고 하는데, 이것저것 들어가는 돈이……. 제 아버지만 살아있었어도……."

아주머니는 말끝을 잇지 못하고 코를 훌쩍였다.

"새우 잡이 배 선원이었던 남편이 3년 전에 바다에서?"

시신도 찾지 못했다는 말에 승열은 창동 중심가로 가는 길 내내 마음이 아팠다. 하지만 친척들의 도움으로 어렵게 호떡 장사를 시작해 이제 겨우 자리가 잡혔다는 소리에 다소 안도가 되기도 했다. 아주머니 호떡 장사가 더욱 잘되고, 그림에 대해서는 전혀 모르지만 큰딸이 꼭 훌륭한 화가가 되기를 빌면서 승열은 달리기 시작했다. 시간을 보니 자칫하면 늦을 것 같아서였다.

창동 시민극장 옆에 있는 이화원에 도착했다. 이화원은 뜻밖에도 고급스런 중국 음식점이었다. 한눈에 봐도 주변의 여느 가게들과 확연히 달랐다. 정면에는 커다란 금색 간판이 걸려있었고 간판 아래 출입문에는 용 두 마리가 붙어 꿈틀댔다. 그리고 공 모양의 붉은 등이 한쪽 외벽에 붙박여 흔들거렸다. 출입문을 열고 들어갈 용기가 나지 않았다. 내가 장소를 잘못 알아들었나? 고개를 갸웃하면서 안을 기웃거리는 순간, 문이 열리고 민형두가 나왔다.

"승열아, 와줬구나? 얼른 들어와."

시간이 지나자 밖을 내다보며 기다리고 있었던 모양이었다.

중국 음식점은 생전 처음이라 쭈뼛쭈뼛 뒤따라 들어갔다. 더욱이 시간도 늦고 빈손으로 와서 얼굴이 화끈거렸다. 호떡 손수레를 밀어주느라 시간을 빼앗겨 문방구에 들를 틈이 없었다.

"급하게 오느라 빈손으로 왔어! 미안해!"

"괜찮아! 와준 것만도 고마워!"

안쪽 깊숙이 들어가자 큼직한 식탁에 이미 여러 명이 와있었다. 모두 다섯 명으로 안면이 있는 같은 반 급우들이었다. 아직 친해지지는 않았기에 대충 눈인사를 하고서 앉자마자 형두가 음식을 시켰다.

"짜장면 일곱, 탕수육 둘, 깐풍기 하나, 야끼만두 셋! 빨리요."

만두 외에는 들어본 적이 없는 음식 이름이었다. 만두도 야끼라는 말이 붙어서 평소 알고 있는 찐만두가 아닌 것 같았다. 다른 아이들도 그런지 서로 눈빛을 주고받으며 소곤거렸다.

"이렇게 초청에 응해줘서 고맙다! 그런데 사실은 오늘, 내 생일이 아냐."

"뭐어?"

다들 눈이 휘둥그레져 형두를 바라보았다.

"그럼 왜?"

"그냥 너희들과 앞으로 친하게 지내고 싶어서 초청한 거야. 그러니까 조금도 부담 갖지 마."

음식이 나왔다. 처음 보는 검은색 면 음식 짜장면. 색깔부터가 마음에 들지 않았다. 먹어본 적이 있는지 형두를 비롯한 두 명의 급우가 나무젓가락으로 비비기 시작하자 승열과 나머지 급우들도 따라했다. 그리고 한 젓가락을 들어서 머뭇머뭇 먹었다. 보기보다 맛이 괜찮았다. 면 음식은 엄마가 해주는 호박칼국수와 어쩌다 얻어먹는 잔치국수밖에 없는 줄 알았는데, 이런 맛의 이런 국수도 있다니? 놀라운 경험이었다. 그러나 이어서 나온 음식들은 더욱 놀라웠다. 탕수육, 깐풍기, 야끼만두. 보고 있으면서도 믿어지지가 않았다. 하나같이 전부 생소한 음식으로 모양, 색깔, 냄새가 구미를 잡아당겼다.

"야, 형두야! 이렇게 많이 시켜도 돼? 이게 값이 아주 비쌀 텐데?"

"괜찮아! 걱정 말고 먹어!"

형두는 천하태평이었다.

하지만 승열과 다른 아이들은 가격이 적힌 차림표를 연신 힐끔

거리면서 불안해했다. 대충 계산해봐도 학생으로서 감당할 금액을 훌쩍 넘어버렸다. 짜장면 일곱 그릇, 탕수육 두 그릇, 깐풍기 한 접시, 야끼만두 세 접시니까, 15원 곱하기 7은 105원, 60원 곱하기 2는 120원, 70원 곱하기 1은 70원, 12원 곱하기 3은 36원, 모두 합해 331원이나 되었다. 맞춤 교복 한 벌이 800원, 한 달 하숙비가 쌀 다섯 말 값인 1,250원이니 331원은 아주 큰 금액이었다. 그런데도 형두는 뭐를 더 시키려고 차림표를 살폈다.

"그만해! 이것만으로도 배 터져죽겠다."

승열이 기겁을 하며 말렸다.

일곱 명이서 식탁에 푸짐하게 차려진 음식을 부지런히 먹었다. 이미 배가 꽉 찼는데도 자꾸 젓가락이 움직였다. 음식 맛 이야기, 학교 이야기, 각자의 고향 이야기를 나누면서 음식을 거의 다 먹었을 때쯤이었다. 형두가 한쪽 손을 들고 출입문을 바라보았다. 늦게 오는 급우가 또 있나 보다 생각하며 모두 고개를 돌렸다. 중절모를 쓴 검은 외투 차림의 아저씨가 웃으며 다가왔다.

"많이들 먹었냐?"

"예! 얘들아! 우리 아버지셔. 인사 드려!"

형두 아버지라는 말에 다들 놀라서 벌떡 일어났다. 그리고 머리를 깊이 숙여 인사를 했다.

"앉아서 마저 먹어! 부족하면 더 시키고. 네 담임선생님을 만나서

차 한잔 하고 오느라 늦었다. 너희들 많이 먹고 우리 형두 잘 좀 도와주거라!"

"예!"

급우들은 다 큰 소리로 대답했으나 승열은 입만 벙긋하고 말았다. 담임을 만나고 왔다는 말이 마음에 걸렸다. 무언가 잘못되고 있다는 느낌이 들었다. 또한 형두가 갑자기 보도 듣도 못한 중국 음식을 낸다는 것도 쉽게 납득되지 않았다. 가격으로 보아 계산을 형두가 하지는 못하고 아버지가 할 게 뻔했다. 형두 아버지는 형두를 잘 도와주라는 말을 한 번 더 한 뒤, 승열의 예상대로 카운터로 다가갔다. 그러고는 지갑을 꺼내 계산을 하고 밖으로 사라졌다.

"자, 이거 하나씩 받아!"

형두가 무언가를 하나씩 돌렸다. 직사각형 종이 박스에 든 동아 연필 한 다스였다.

연필은 대부분 문방구에서 한 자루나 두 자루씩 사서 쓰는 형편이었다. 그런데 한꺼번에 열두 자루를 주다니? 고가의 중국 음식을 얻어먹어 상당히 부담이 되었던 판에, 승열은 더욱 부담스러웠고 거부감마저 들어 선뜻 받지 못했다.

"이렇게 나와준 데 대한 소소한 보답이야. 받아! 다음다음 달 말 진짜 내 생일에 너희 모두 다시 초대할게."

급우들과 헤어져 하숙집으로 향했다. 가로등이 있는 큰길 인도로 걸었다. 흐릿한 가로등이 드문드문 켜져있는 큰길은 차량도 행인도 뜸했다. 주머니 속에 든 연필 한 다스를 만지작거리면서 형두의 초대가 무슨 의미인지를 헤아렸다. 쉽게 짐작이 갔다. 기분도 나쁘고 가슴도 답답해 걸음 속도가 느려졌다. 남성파출소 앞에 이르자 뒤에서 경찰 지프차가 달려와 옆에 급히 멈췄다. 곧 문이 열리며 순경 두 명이 내렸고, 이어 또 다른 한 명이 민간인 청년을 밀어내면서 나왔다. 더벅머리 청년이 나오자마자 순경 둘이 청년을 양쪽에서 붙잡고 파출소 출입구로 끌고 갔다.

"빨리 들어가 인마!"

"그게 뭔 죄가 되는 겁니까?"

"무슨 죈지는 들어가 보면 알게 돼!"

대화를 들어보니 청년이 선거벽보판에 붙어있는 여당후보 사진에 침을 뱉은 모양이었다. 출입구에 이르자 청년이 다시 항의하며 몸을 뒤틀었다. 그 순간 청년의 손목에 채워진 수갑이 가로등 불빛에 번쩍거렸다. 싸늘한 빛이었다.

언덕길을 올라 우측 골목으로 꺾어 들었다. 이모할머니네 집을 지나쳐 안쪽으로 더 걸어가서 호떡 아주머니 집 앞에서 멈췄다. 대문도 없는 허름한 판잣집. 밖에 세워둔 호떡 손수레를 살피다가 조심조심 안으로 들어갔다. 일자형 집에 방이 두 칸이었다. 살펴보니 오른쪽 방은 세를 놓은 것 같았다. 천막으로 만든 간이 부엌이 별도로 마련되어있었다. 정식 부엌이 붙은 왼쪽 방 마루로 가서 귀를 기울였다. 재잘거리는 둘째 딸의 말소리가 얄팍한 창호지를 뚫고 밖으로 새어 나왔다.

"언니야, 이 배에 아부지를 그려 넣으면 억수루 좋겠다. 이왕이모 선장으로 멋지게 말이다."

"......!"

"바다에 와 갈매기는 한 마리도 없는 기고? 이짝 배 옆에, 이짝 옆에, 이짝 위에도 마이 그려 넣어야제!"

"신경 쓰지 말고 구구단이나 외워!"

언니의 퉁명스런 말에도 동생은 입을 다물지 않았다. 오히려 더욱 목소리를 높이며 간섭을 해댔다.

"배에 아부지도 없고, 바다에 갈매기도 없고. 배만 달랑 혼자 있으이, 배가 지 멋대루 가뿐지겠다. 이기 대체 무슨 그림이가?"

"너, 가만히 안 있을래?"

티격태격하는 자매의 말싸움에 승열은 자신도 모르게 미소가 지어졌다. 간간이 들리는 호떡 아주머니의 코 고는 소리도 구수하게 들렸다. 승열은 형두에게 받은 연필 한 다스를 방문 앞에 가만히 내려놓고 몸을 돌렸다.

다음 날 저녁 학교에서 돌아와 교복을 갈아입는데 방문이 벌컥

열렸다.

"승열아, 옛다."

이모할머니가 방 안으로 팔을 쑥 뻗었다. 흰색 봉투였다. 받아서 보니 엄마가 보낸 편지였다. 엄마는 한글을 모르기에 글씨체로 판단컨대 고향 친구 철남이가 대신 써준 게 분명했다. 엄마가 사연을 불러주고 철남이가 받아 적는 모습이 눈앞에 선하게 떠올랐다. 속옷 차림으로 얼른 뜯어 펼쳤다.

보고 싶은 아들 승열에게!

승열아! 엄마다!

네가 타지로 떠난 지 이제 닷새가 넘었구나! 그런데 1년도 더 된 아주 오래전 일인 것만 같다. 보고 싶은 마음이 깊어 엄마 눈에는 날마다 네 모습이 삼삼하단다. 밥을 잘 먹고 있는지, 학교는 잘 다니고 있는지, 어디 아픈 데는 없는지, 모든 게 걱정이란다.

여기 식구들은 무사하게 잘 지내고 있으니 너는 아무 걱정 말고 공부나 열심히 하거라! 아버지는 감기에 걸렸다가 며칠 몸조리하고서 다 나았고, 나는 무릎이 욱신거리고 허리가 쑤시지만 견딜 만하단다. 그리고 네 형은 그저께 작은 매형 일 도와주러 임실에 갔다. 한 달 정도 있다가 돌아와서 아버지랑 올 농사지을 준비를 할 것이다.

끝열이는 아직도 자꾸 새끼를 찾으며 운단다. 여물을 먹다가 여기 저기 사방을 둘러보기도 하고, 새벽에 자다가 일어나 한참 동안 우 워 우워 새끼를 부르기도 하는 게 마음이 아프구나! 짐승도 헤어진 새끼를 그렇게나 그리워하며 우는데 이 엄마 마음이야 오죽하겠니? 자나 깨나 네 생각뿐이란다.

날씨가 풀리는 다음 달 4월 중순에 아버지랑 갈 테니, 부디 그때 까지 몸 건강히 잘 있거라. 밥 굶지 말고, 이불 꼭 덮고 자고, 바닷 바람에 감기 들리지 않도록 속옷 두툼하게 입고서 학교에 다니거 라! 선생님 말씀 잘 듣고, 친구들과도 친하게 지내야 한다.

그럼 이만 줄인다. 이모할머니께 안부 꼭 전하거라.

1960년 3월 6일 남원에서 엄마가

눈물을 글썽이며 편지를 다 읽었다. 그때 눈가에 맺혀있던 눈물 방울이 뺨을 타고 흘러 '엄마' 글자 위에 똑 떨어졌다. 그러자 즉시 눈물이 번져 엄지손톱 크기의 동그란 꽃 한 송이가 스르르 피어 났다. 눈물 꽃이었다.

"철남이!"

철남이가 별도로 보낸 편지가 한 장 더 있었다. 잘 있느냐는 인사말을 적고 난 철남이는 국민학교 때부터 중학교 졸업 때까지 있었던 일들을 끝도 없이 늘어놓았다. 엽전 따먹기 홀짝놀이부터 시작해서 구슬치기, 땡볕에 달궈진 기차선로 걷기, 요천 물웅덩이에서의 잠수 시합, 뒷동산에 올라 나무하기, 체육대회에서 씨름 경기, 광한루 소풍 가서 장기자랑, 오작교 연못에 빠졌던 일 등을 깨알 글씨로 세세하게 써놔 웃음이 터지게 했다. 그리고 끝에는 4월 말이나 5월 초에 꼭 오라는 말로 끝을 맺었다. 목공소에서 자투리 통나무를 깎아 송아지를 만드는 중인데 그때쯤 완성된다는 것이었다.

"그래! 5월 초에는 한 번 가야지!"

엄마는 다음 달에 오신다니까 그때 만나보면 되고. 승열은 철남이에게 즉시 답장을 썼다. 송아지를 깎지 말고 이왕이면 커다란 암소를 깎으라고. 순하고 일 잘하고 주인을 잘 섬기는 끝열이 같은 암소를. 끝열이도 보고 싶었다. 새끼를 잃고 그렇게 울고 지낸다니, 가슴이 몹시 아팠다. 송아지를 반강제로 떼어내 남원 우시장으로 팔러 가던 날도 끝열이는 우워 우워 울어댔었다. 아무리 어르고 달래도 온종일 소죽도 안 먹고 큰 눈을 허옇게 뒤집은 채 새끼를 찾아 헤맸었다. 그 장면이 앞으로도 두고두고 떠올라 마음이 편치 않을 것 같았다.

11

반올림

드디어 제3교시 시작종이 울렸다. 승열은 기대가 컸다. 괴짜라고 소문난 담당 선생님은 물론 처음으로 공부하게 되는 과목인 상업 부기에 대한 기대였다. 입학하기 전 얻어들은 정보에 의하면 상업 고등학교에서 무엇보다 중요시하는 과목이 바로 상업부기라는 것이었다. 미리 받은 교과서의 앞부분을 집에서 대충 읽어보기는 했지만 생소한 용어들이 많아 이해가 잘 되지 않았다. 선생님의 설명을 귀담아듣고 질문도 과감히 하리라 마음먹었다. 첫 수업부터 따라가지 못하면 그 과목은 흥미를 잃게 되어 결국은 포기하는 경우도 발생하기에 정신을 바짝 차리기로 했다.

수업 시작종이 울린 지 약 1분여가 지났다. 교무실을 출발해 천천히 걸어온다고 해도 이제 30초 정도면 앞쪽 출입문이 열리고 담당 선생님이 등장할 것이었다. 승열은 시선을 출입문에 붙은 공책 크기의 유리창에 고정시켜두고 선생님이 나타나기를 기다렸다. 여태 3학년만 담당하다가 올해 처음으로 1학년 담당이 됐다고 그랬지! 도대체 어떤 선생님이기에 선배들이 괴짜라고 그러는 걸까? 1초, 1초가 지날수록 호기심이 배가되었다.

이윽고 유리창에 흰머리가 약간 보이고 나서 문이 열렸다. 작았다. 싸리 빗자루처럼 작달막한 키에 체격도 크지 않았다. 그러나 반 넘게 세어버린 머리카락과 술에 취한 듯 붉은 기운이 살짝 감도는 얼굴은 푸근한 인상을 주었다. 반달형의 눈매와 두툼한 입술로 보아 까다로운 성격은 아니리라 짐작되었다. 그가 교단으로 올라가서 섰다. 앞에 놓인 교탁이 그의 몸을 다 가리고 겨우 얼굴만 보이게 했다. 그 모습을 보고 아이들이 조그마한 소리로 웃었다.

"느그들, 내를 아나? 잘 모르제?"

"네, 잘 모릅니다."

임시 반장이 웃음기 있는 목소리로 대답했다.

"그래! 아마 안즉은 잘 모를 끼다. 먼저 내 소개를 하겠으니께네, 잘 듣고 기억해두거레이?"

164

"예!"

"내가 바로 마산 3대 명물 중의 하나인 사람이데이! 느그들 마산 3대 명물 모르나? 첫째, 이은상 선생의 노래 '가고파'에 나오는 마산 앞바다. 둘째, 셋이 먹다 둘이 죽어두 모르는 마산 아구찜. 셋째, 서울 모 대학에서 교수로 오라카는 걸 마다허고 고향을 지키겠다는 일념으로 이곳에서 후진양성에 매진허고 있는 마산 토박이인 나, 맹소달인 기라!"

첫째와 둘째는 들어서 알고 있었으나 셋째는 금시초문이었다. 여기저기서 맹소달을 읊조리며 크큭 거렸다.

"느그덜은 내 이름이 쪼매 우습제? 허지만 내는 자랑스럽다. 맹소달, 을매나 존노? 부를수록 맴에 쏙 든다. 내는 이 마산에서 내 이름 석 자를 걸고 남은 여생을 후회 음씨 살다가 이 마산에다 삑따구를 묻을 작정인 기라! 마, 호랭이는 죽어가 거죽을 냄기고 사람은 죽어가 이름을 냄긴다고 그캤다. 느그들은 부디 자기 이름에 부끄럽지 않은 사람이 되그레이!"

승열은 그의 허풍과 이름보다는 진한 경상도 사투리와 특이한 억양이 더욱 우스웠다. 다른 사람들도 경상도 사투리를 쓰기는 하지만 그처럼 심하지 않았고 억양 또한 높낮이의 차가 그리 크지 않았다.

"웃지 말그라! 내가 생긴 게 쪼매 모자라긴 혀도, 맹사성 어른의

72대 직계 후손인 기라. 맹사성 모르나? 고려 최고 명장인 최영 장
군의 손녀사위이고, 조선 세종대왕 대에 재상을 지내신 청렴결백의
상징 맹사성 어른 말이다."

"……!"

아이들이 별다른 반응을 보이지 않자 선생님은 눈가에 실망하는
기색을 띠고 혀를 찼다. 한심하다는 표정이었다.

"쯧쯧! 그라모 마, 공부나 해삐자! 퍼뜩 책 펠치그라!"

책을 펼치는 소음이 들리고 나서, 선생님은 뒷짐을 진 자세로 교
단을 오가며 설명을 하기 시작했다.

"부기란 무엇이냐? 부기란 장부기입의 약자인데, 자산, 자본, 부
채에 관련된 수입과 지출 그라고 그에 따른 자산, 자본, 부채의
증가와 감소 등을 장부에 기입해서 정리하는 방법을 말하는 기다."

교과서에 나오는 설명이었다.

그의 말은 계속되었다. 부기는 크게 단식부기와 복식부기로 나뉘
고, 우리가 배우게 될 상업부기는 복식부기에 속하는 것으로, 상업
경영으로 생긴 자산과 부채 및 자본의 변동을 장부에 기록 정리하
여 경영 활동의 성과와 재정 상태를 명확히 하는 부기 방법이라고,
말을 이어갔다. 그러는 동안에도 뒷짐을 진 자세를 유지한 채 교단
을 좌우로 끊임없이 오갔다.

"마, 긴 설명은 필요읍따! 요것만 확실히 알아두거레이!"

166

그가 말을 멈추고 걸음도 멈췄다. 그러고는 뒷짐을 풀고 백묵을 집어 칠판에 무언가를 썼다.

"오늘은 우째 이리 글씨가 잘 안 써지는 기고? 술 취헌 지랭이가 엉금엉금 기어가는 것 긋다카이!"

하지만 그의 말과는 달리 백묵을 꾹꾹 눌러서 쓴 글씨로 명필이었다.

거래의 8요소

〈차변〉	〈대변〉
자산의 증가	자산의 감소
부채의 감소	부채의 증가
자본의 감소	자본의 증가
비용의 발생	수익의 발생

"상업 허면 거래가 있을 끼 아이가? 모든 상업거래는 이 여덟 가지 요소로 분석된다카이! 그러니께네 너그덜은 이 여덟 가지 요소를 반드시 외워두어야 허는 기다. 펭생을 써묵어야 허는 구구단 겉은 것이다 이 말이다! 자, 함 따라해봐라!"

그를 따라 모두 자산의 증가, 자산의 감소, 부채의 감소, 부채의 증가, 자본의 감소, 자본의 증가, 비용의 발생, 수익의 발생을 서너 차례 외쳤다.

"시간을 5분 주겠다. 차변 요소와 대변 요소를 정확허게 외우그
라! 한 명 한 명 물어봐가 틀리믄 국물두 읍따!"

거래의 8요소를 외우느라 중얼거리는 소리가 교실에 낮게 울
렸다. 그 소리가 마치 개구리 울음소리 같았다. 승열은 증가, 감
소가 자꾸 헷갈렸다. 좌측 줄의 형두는 이미 다 외우고 있다는 듯
느긋한 표정이었고, 짝인 건우는 공책에다 연필로 써가며 외우느라
애를 쓰고 있었다.

5분이 거의 다 되었을 때, 창문 밖에서 소음이 날아들어 아이들
의 중얼거림과 뒤섞였다. 유세 차량의 확성기 소리였다. 한 대가 아
닌 두 대에서 나는 소리였다. 교문 앞 교차로에서 자유당 유세 차
량과 민주당 유세 차량이 마주친 모양이었다. 확성기 소리가 경쟁
적으로 커져가더니 나중에는 창문이 다 덜컹거렸다.

"저 문디 자슥들! 정·부통령선거가 다가오니께네 점점 더 안달
복달을 해싼다. 거리마다 댕기믄서 개소리나 외쳐쌌고, 참말루 가
관이다카이! 하나를 보믄 열을 알 수 있다꼬, 이번 선거도 마, 뻔헌
기라! 쯧쯧!"

유세 차량이 가버리자 맹 선생님이 교단에 서서 아이들을 둘러
보았다.

"자, 그럼 어데 함 물어보까?"

그 말에 교실 전체가 일시에 잠잠해지며 긴장이 흘렀다. 정·부통령선거 유세 차량의 확성기 소리만 멀리서 간헐적으로 들려올 뿐이었다.

"부기는 정확혀야 허는 기다. 0.1의 오차도 허용이 안 되고, 1전한 푼 틀려도 즐대 용납되지 않는 기다."

선생님이 출석부를 펼쳤다. 1번부터 호명을 할 것이니까 34번인 승열의 차례가 되려면 시간이 꽤 걸릴 터였다. 승열은 정신을 집중하고 다시 외워보았다. 자본의 감소는 차변! 자본의 증가는 대변! 비용의 발생은 차변! 수익의 발생은 대변! 건우도 염불하는 중처럼 입술을 부지런히 놀리고 있었다. 하지만 선생님의 입에서는 호명 소리가 아닌 엉뚱한 말이 흘러나왔다.

"정국이 하 어수선허이 맴이 싱숭생숭허다. 느그들 맴도 내캉 같을 끼다. 맞제?"

"예!"

대답 소리가 귀청을 때렸다.

"수업 시간 끝날라믄 안즉 억수루 마이 남았고. 공부는 안 되고. 그라믄 우야노? 시간을 때워야 헐 낀데……."

"자습해요!"

"잠자요!"

몇몇 아이들의 말에 맹 선생님은 고개를 창문 밖으로 돌렸다.

"돌아가는 꼴을 보이 조짐이 영 수상한 기라! 암캐도 또 뭔 수작을 부리지 싶다. 제 버릇 개 못 준다꼬 정정당당히 치를 문디들이 즐대 아이다! 사람이 술에 취허믄 스스로 깨어날 수 있지만 권력에 취허믄 즐대 스스로는 못 깨어나는 기라!"

그 말을 끝내고 10초쯤 지났을 때였다.

"키히히히!"

선생님이 느닷없이 괴이한 웃음소리를 내뱉었다. 시선을 창밖에 두고 어깨를 들썩이면서 웃는 그의 웃음소리에 아이들은 흠칫 놀라 입을 벌렸다. 그러고는 그에게서 눈길을 거두지 못했다.

얼마간 괴이한 웃음소리를 내며 서 있던 선생님이 몸을 돌리고 뒷짐을 졌다. 그런 다음 책상 사이를 천천히 거닐기 시작했다. 마치 산보를 하는 듯한 걸음걸이였다.

"내가 낼모레가 환갑인 사람인데, 60펭생에 보다보다 벨꼴을 다 봤다 아이가. 생각헐수록 웃음만 나온다카이! 키히히히!"

대체 왜 그러는 것인지 아이들의 눈동자가 호기심으로 왕방울만큼 커졌다. 승열이도 선생님의 행동 원인을 도무지 추측할 수가 없었다.

"쩝쩝! 완전 코미디였는 기라. 시상에 코미디도 그런 코미디가 음썼다! 백주대낮에 전무후무헌 정치 코미디가 우리나라에서 벌어졌었다카이! 키히히히!"

정치 코미디? 무슨 일을 그렇게 표현하는 건지 도통 이해가 되지 않았다. 혹 형두는 알고 있지 않을까 싶어 옆으로 고개를 돌렸다. 그러나 형두는 굳은 표정으로 맹 선생님을 미친 사람 구경하듯 쳐다보고 있었다. 눈을 살짝 찌푸리고 입가에는 비웃음이 엷게 번져 평상시의 얼굴이 아니었다.

"느그덜은 코 찔찔 흘리고 댕기던 6년 전의 일인 기라!"

6년 전이라면 열한 살, 국민학교 4학년 때의 일인가 보았다. 승열은 선생님의 말에 귀를 잔뜩 기울였다.

"1954년 당시의 헌법으로는 대통령을 연이어 세 번 할 수가 음썼따. 그런데 세 번을 해처묵을라꼬 헌법을 뜯어고치기루 안 했나? 자유당 얼라들이 말이다. 그캐서 이승만 정부는 3선 금지 조항 폐지, 부통령의 대통령 승세권 부여 등을 골자로 허는 헌법 개정안을 국회에 제출해가 그해 11월 27일, 비밀투표를 실시했는 기라!"

원래 불그스름한 선생님의 얼굴이 흥분으로 인해 더욱 붉어지고 있었다. 승열은 비밀투표 결과가 궁금해 초조하게 다음 말을 기다렸다.

"당시 재적 의원은 203명이었는데, 참석 의원은 202명이었다카이! 결과는 찬성이 135표, 반대가 60표, 기권이 7표로 나타났는 기라! 그러이 우찌되겠노? 개헌 가능 의결정족수는 재적의원의 3분의 2 이상이었으니께네 그 개헌안이 가결되기 위혀서는 찬성한 의원이 136명이어야 했는 기라!"

머릿속으로 빠르게 계산해보니 136명이 맞았다.

"그캐서 당시 사회자였던 부의장이 부결을 선포 안 했드나? 카! 기가 막히그로 딱 한 표, 딱 한 명이 모지라가 부결이 됐던 기라! 나중에 자유당 의원 한 명이 기표를 잘못해가 그리되었다는 우스 갯소리가 나돌기도 혔었제! 자유당 지도부가 일자무식인 어느 의원 헌테 투표용지에 네모가 있는 글자 밑에다 기표를 허라는 명을 내 렸는데, 그만 그 의원이 잘못 찍었는 기라! 그 일자무식 의원이 보 니께네 찬성을 의미하는 가可글자에도 네모가 있고 반대를 의미하 는 부否글자에도 네모가 있었는 기라! 두 글자를 한참 살펴보다가 네모가 더 큰 부否글자 밑에 찍고 나왔던 거제! 키히히히!"

그 말에 모두 한참이나 키득키득 웃었다. 웃음이 그치고 선생님 의 뒷말이 이어졌다.

"아, 그런데 이기 무신 도깨비 장난질이고? 재적의원 203명의 3분의 2는 정확허게 135.333……명이니께네 여당인 자유당 측에서 수학의 사사오입四捨五入을 주장허고 나왔는 기라!"

수학의 사사오입? 들어본 적이 없는 말이었다. 승열은 잠시 머뭇 머뭇 하다가 아무래도 궁금해 손을 들고 물었다.

"사사오입이 뭡니까, 선생님!"

"사사오입 모르나? 근사값을 구할 때 4 이하의 수는 버리고 5 이

상의 수는 그 윗자리에 1을 더하여주는 것 말이다. 느그덜 반올림은 알제? 그 반올림을 말허는 기다. 암튼 그 사사오입을 적용허믄 소수점 0.333은 베려야 허니께네 135명만 가지고도 개헌안이 가결된 것이라꼬 저누마들이 우겨가, 결국은 부결되었던 개헌안을 이틀 후에 가결로 뒤집어삔졌다 카이! 아니, 한 나라의 헌법을 뜯어고치는 개헌이 엿장수 가위질두 아이고 지들 멋대루 고래 바꾸믄 되는 기가? 으이? 문디 똥구멍 겉은 놈들!"

씩씩 내뿜는 선생님의 콧김 소리가 기차가 역에 정차할 때 토해내는 수증기 소리로 들렸다. 승열은 입학식 전에 남원에서 기차를 타고 오면서 선미에게 쪽지를 건네주던 일을 생각하며 슬그머니 웃었다.

"차라리 공산주의 국가처럼 까놓고 독재를 허든지. 그게 대체 뭐꼬? 허구헌 날 쎄빠닥이 닳도록 민주정치라고 씨부려싸믄서 번번이 국민을 기만 우롱이나 허고. 우리가 어데 바보 천치가? 으이?"

말을 마침과 동시에 맹 선생님이 주먹으로 책상을 내려쳤다. 꽝! 하는 소리에 아이들 모두가 깜짝 놀라 간이 떨어졌다.

부기선생님 말을 들어보니, 담임인 사회선생님과 외모는 정반대였으나 생각은 엇비슷한 것 같았다. 담임선생님도 종례 시간마다 국가수반을 비판하는 말을 툭툭 던지곤 했었다.

"첫 단추를 잘 끼워야제, 첫 단추를 잘못 끼우모 옷이 제 모양을 내지 몬허고 제 기능도 할 수 읎는 기라! 느그덜 미국 초대 대통령 조지 와싱턴 알제? 그 양반이 두 번에 걸친 임기가 끝나자, 모든 사람덜이 사망헐 때까지 종신 대통령직에 머물러줄 것을 간곡히 청했는 기라! 그런데 그 양반이 뭐라 캤는지 아나? 한 마디로, 노! 단호히 거절해삐고 고향인 버지니아로 훌쩍 떠나갔다 카이!"

미국 초대 대통령 조지 워싱턴. 절름발이 목사의 개척교회에 비치된 위인전 책에서 본 기억이 났다. 단발 모양의 머리스타일이 독특했었다.

"절대적인 권력은 절대적으로 부패한다꼬 영국 역사학자 로드 액튼 경이 말 안 했나. 마, 너그덜 두고 보그레이! 이번에도 저누마덜은 뒷구멍……."

뒷구멍에서 끝나는 종이 울리고 말았다. 그러자 맹 선생님은 많이 아쉬운 듯 입맛을 쩝쩝 다시면서 교단으로 올라가 출석부를 들었다.

"부기는 수학처럼 문제를 마이 풀어봐야 허는 기다. 책방에 가가 문제집을 구입하그라! 앞으로 숙제를 억수루 마이 내줄 꺼이니께네!"

점심을 먹고 남는 시간에 승열은 건우하고 교실 밖 처마 밑으로 가서 섰다. 햇볕이 비치는 양지 바른 곳으로 지붕에서 낙숫물이 줄줄이 떨어졌다. 땅바닥에는 낙숫물 때문에 생긴 조그마한 물웅덩이가 옆으로 길게 늘어서 있었다. 낙숫물을 손바닥으로 받으면서 건우가 입을 열었다.

"사사오입? 우리가 어렸을 때 그런 일이 다 있었구나!"

"그러게! 그런데 그런 식으로 헌법을 자기들한테 유리하게 바꾸면 되나? 안 되는 거잖아?"

불과 얼마 전인 중학생 때는 정치니, 선거니 하는 일에 전혀 관심이 없었는데 고등학생이 되니까 이상하게도 눈이 크게 뜨이고 귀가 기울여졌다. 나중에 정치인이 될 것도 아니면서 그랬다.

"안 되지! 국민학교 반장 선거도 그렇게는 안 한다."

견강……, 견강……. 중학교 때 그런 경우에 해당하는 한자성어를 배웠는데 생각나지 않았다. 대신 제 논에 물 대기라는 아전인 水我田引水는 또렷이 떠올랐다. 승열은 자신의 어설픈 지식이 부끄러워 입을 다물고 방울방울 떨어지는 낙숫물을 응시했다.

"그렇게 억지를 부려서 대통령을 현재 또 해먹고 있다는 거 아냐?"

"우리 이모할머니 집에서 하숙하는 어른들 말 들어보니, 현재가 아니라 앞으로도 계속 해먹을 거라더라."

"그러면 선거를 왜 해? 그냥 지가 왕이 되어 죽을 때까지 해먹지!"

"그러게 말야. 정말 너무 어이가 없다."

국민학교 때부터 교실마다 사진이 걸려있었던 인물. 건국 대통령이자 초대 대통령. 존경하는 사람이었다. 그러나 그에 대해 알고 나니까 존경심이 봄눈처럼 녹아 사라지고 강한 배신감이 들었다. 속에서 무언가가 부글부글 끓어올라 불편했다. 입술을 지그시 깨물고 시선을 학교 담장 밖으로 돌렸다. 멀리 검푸르게 펼쳐진 마산 앞바다가 유난히 차가워 보였다.

"승열이, 너 아니?"

"뭘?"

"맹소달 선생님 일본 와세다대학교 상과대학을 졸업하고 조선식산은행에 들어갔었다더라, 무려 70대 1의 경쟁을 뚫고. 그런데 1년도 안 돼서 때려치웠대."

승열은 눈동자를 키워서 왜?라는 질문을 했다.

"일본인 상사의 부당한 명령을 거부했다가 징계를 받은 뒤 사표를 냈다고 하더라. 그래서 중국, 만주 등을 떠돌다가 해방된 후에 고향 마산으로 돌아왔다더라. 선배들한테 들었다."

말투나 표정으로 판단컨대 건우는 맹 선생님에게 빠진 듯이 보였다. 승열이도 그에게 은근히 끌렸다. 당나귀 울음 같은 웃음소리가 귀에 좀 거슬리기는 해도 나름 묘한 매력이 있었다.

"중국을 떠돌면서 뭘 했대?"

"그거까지는 못 들었다. 다음 부기시간에 직접 물어보자!"

"얘기해줄까?"

그의 가슴속에 파란만장한 이야기가 가득 들어있는 건 확실했다. 하지만 그 이야기를 털어놓을지는 미지수였다. 그래도 일단 물어보기로 했다. 그가 직접 체험한 중국 본토 이야기를 들어보고 싶었다.

지붕에 덜 녹은 눈이 많은 모양이었다. 낙숫물이 쉬지 않고 떨어졌다. 수직으로 곧게 떨어져 내리는 물방울들. 처마 끝에서 일정한 간격으로 반복해 떨어지는 모양이 마치 수정 주렴 같았다. 투명하고 예뻤다. 퐁! 당! 퐁! 당! 여러 개의 작은 웅덩이에서 만들어내는 소리 또한 아름다운 화음을 이뤄 귀를 즐겁게 했다. 하지만 어디선가 바람이 불어오자 물방울들은 수직선과 착지점을 잃고 어지러이 흩날렸다. 그 때문에 작은 웅덩이들도 더 이상 아름다운 화음을 만들어내지 못하고 사납게 일렁였다.

12

어둠 속 총소리

급우들의 추천을 받아 반장 후보가 된 사람은 모두 네 명이었다. 승열이가 추천해서 건우도 후보가 되었다. 민형두보다는 송건우가 오히려 반장으로 적격이라고 판단되어 추천을 했다. 중국 음식점에 초청받았던 아이들이 손가락질을 하고 눈총을 쏘고 주먹을 쥐어 보였지만 못 본 척했다. 기호 1번은 당연히 민형두였고 송건우는 끝번호인 4번이었다. 순서에 따라 공약 발표가 시작되었다.

"제가 반장이 되면 앞으로 1년 동안 학습 분위기 조성, 유지에 힘을 쓰고……."

기호 1번 민형두의 뒤를 이어 2번과 3번 후보도 듣기 좋은 말로 그럴 듯한 공약을 제시했다. 하지만 기호 4번인 건우는 별다른 공약을 내놓지 않았다. 그저 열심히 최선을 다해 봉사하겠다는 막연한 말을 한 뒤 내려왔다.

쪽지가 한 장씩 돌려지자마자 기표하는 소리가 슥슥 들렸다. 승열은 '기호 4번 송건우'라고 또박또박 적었다. 임시 총무가 모자를 들고 책상 사이를 누비며 투표지를 걷었다. 그리고 곧 임시 반장에 의해 개표가 진행되었다. 초반부터 민형두가 앞서나가 당선이 확실시 되고 있었다. 문제는 누가 2위로 부반장이 되느냐는 것이었다. 아쉽게도 송건우는 다섯 표를 얻은 이후 더 이상 늘어나지 않았고, 2번 후보와 3번 후보가 엎치락뒤치락하며 손에 땀을 쥐게 했다. 그러다가 결국 마산중 출신 3번 후보가 단 1표 차이로 2위가 되고 말았다. 임시 반장이 당선자 선포를 했다.

"기호 1번 민형두 후보가 반장으로, 기호 3번 이정호 후보가 부반장으로 당선되었음을 선포합니다."

아이들이 박수를 쳐서 결과를 인정했고 민형두가 교단에 올라 차분하게 소감을 말한 뒤 고개를 숙여 보였다.

담임이 올라와 마무리 발언을 했다.

"선거 과정을 잘 지켜보았지? 나는 아주 민주적이고도 공명한 선거였다고 평한다. 혹시 오늘 반장 선거가 공명선거였다는 내 평에

이의 있는 사람 있어? 있으면 손들고 일어나서 말해봐!"

손을 드는 사람이 아무도 없었다. 승열이 역시 손들지 않았다. 중국 음식점에 초대받아 가 요리를 얻어먹고 연필 선물을 받았던 게 찜찜할 뿐이지, 투표와 개표 과정에 대해서는 별다른 이의가 없었다.

"저, 선생님!"

모두가 아무도 이의가 없는가 보다, 여기고 있을 때 뒤쪽에서 누군가가 선생님을 불렀다. 아이들의 시선이 일시에 뒤쪽으로 쏠렸다. 키가 껑충하고 목이 길쭉한 아이였다. 반면에 물려 입은 것인지 교복 소매는 깡총했다.

"그래, 어떤 이의가 있는 거야?"

"이의가 아니고요. 요즘 공명선거, 공명선거 많이들 그러는데, 공명선거가 정확히 무슨 말이에요?"

그러고 보니 말은 많이 들었어도 의미는 제대로 알지 못했다. 모두 고개를 갸웃거리면서 속으로 공명선거를 되뇌었다.

"으응! 공명선거란 선거 과정에서 선거법이 제대로 지켜지고 국민의 의사가 선거 결과에 한 치도 왜곡됨 없이 반영되는 선거를 말하는 거야. 즉, 후보자는 선거 법규에 따라 정정당당하게 경쟁하고, 유권자는 외부의 압력 없이 후보자의 자질, 정견 등을 고려하여 자기의 의사에 따라 투표하며, 또한 선거 관리기관은 적법한 절차와 방법으로 선거를 공정하게 관리함으로써 그 결과에 대해 누구든지 승복할 수 있는 선거다, 이 말이지!"

그제야 이해가 되었다는 듯, 반 아이들 전체가 아! 소리를 동시에 내뿜었다.

"예전에는 담임이 반장, 부반장을 임의로 임명을 했었는데. 이렇게 여러분 손으로 직접 여러분의 대표를 뽑는 것은 아주 가치 있고 의미 깊은 일이다. 민주주의란 매우 예쁘지만 또 매우 연약한 소녀와 같다. 모두가 힘을 합쳐 보살피고 지켜내야 하는 것이다. 그렇지 않으면 힘 센 자가 머리채를 휘어잡고 끌고 가서 평생 자신만의 노리개로 삼게 된다."

담임은 알 듯 알 듯 하면서도 아리송한 말을 심각한 표정으로 늘어놓았다. 민주주의와 연약한 소녀? 쉽게 연결이 되지 않았다.

"또한 민주주의란 누가 어떻게 운영하느냐에 따라 천사가 되기도 하고 괴물이 되기도 한다. 아무튼 그건 수업 시간에 더 설명하기로 하고. 앞으로 우리 반이 분위기도 좋고 성적도 좋은, 민주적이고도 모범적인 반이 될 수 있도록 모두가 반장, 부반장에 적극 협조하기 바란다."

수업을 마치고 교문을 나서 건우의 하숙집이 있는 인애병원 쪽으로 걸었다. 머릿속에 담임이 말한 노리개라는 단어가 자꾸 떠올랐다. 어렸을 적 동네 할머니에게 들었던 못된 사또와 처녀 총각

애기도 기억났다. 건우에게 담임의 말을 어떻게 생각하느냐고 물어보려 고개를 돌렸다. 건우가 먼저 입을 열었다.

"나는 딱 두 표, 너하고 내 표만 얻을 줄 알았는데, 다섯 표나 받았어. 나를 지지한 나머지 세 명은 누구지? 기분 좋다."

꼴찌로 떨어졌는데도 건우는 넉살 좋게 밝게 웃었다. 그러면서 나머지 세 명을 찾아내 찐빵이라도 한 개씩 사주겠다고 너스레를 떨었다.

"찐빵을 사려면 나한테 먼저 사야지! 내가 널 추천했고 표까지 줬잖아?"

"그런가? 좋아. 가자! 오늘 점심은 찐빵으로 때우자! 하숙집 아줌마도 내가 점심 먹고 왔다면 아마 좋아할 거야. 밥 많이 먹는다고 은근히 눈치를 주더라고."

자유시장 입구에 있는 몇 군데 찐빵집들 중 첫 번째 집으로 들어갔다. 안에는 교복을 입은 여학생들 여러 명이 식탁마다 둘 셋씩 앉아있었다. 그중에는 마산여고 교복 차림의 여학생도 한 명 끼어 있어서 승열은 눈이 번쩍 뜨였다. 하지만 선미가 아니었다. 만나기로 약속한 날인 다음 달 4월 10일이 되려면 한 달도 채 안 남았으나, 자꾸 얼굴을 보고 싶고 자꾸 목소리를 듣고 싶었다. 중학교 국어 시간에 배운 일각이 여삼추라는 말이 떠올랐다.

"건우야, 사실 나……."

"뭐야? 할 말 있어? 해봐!"

건우에게 선미 얘기를 하려 했지만 입술이 떨어지지 않았다.

"뭔데? 저기 저 여학생들 중에 맘에 드는 애 있어? 내가 소개시켜줄까?"

"모르는 애들을 네가 어떻게 소개시켜줘?"

"아, 왜 못해? 책임지고 해줄 테니까, 누군지 말해봐! 저쪽 단발머리, 갈래 머리?"

건우가 막 일어나려는 참에 찐빵이 나왔다. 승열은 김이 모락모락 피어오르는 찐빵 한 개를 집어 얼른 건우에게 건넸다.

"그런 게 아니니까, 찐빵이나 먹어! 다음에 내가 말해줄게."

찐빵을 먹으면서도 건우는 계속 말해보라고 닦달을 해댔다. 그러나 승열은 끝내 말하지 않았다. 다음 달에 선미를 만나본 후에 솔직히 얘기할 생각이었다.

"참! 야, 건우야! 나, 그저께 저녁에 시민극장 옆에 있는 중국 음식점에 갔었다. 중국 음식점에 가기는 처음이었어. 음식도 처음이었고."

"……!"

"사실은 형두가 자기 생일이라고 초청해서 간 거야. 너한테 미리 말하지 않아서 미안하다. 진짜 친구 간에는 비밀이 없어야 하는데."

찐빵을 입에 물고 빤히 바라보는 형두의 눈을 보니 더욱 미안

했다. 아무래도 배신감을 느끼고 있는 표정이었다. 각오한 일이라한 번 더 사과하려는 순간 형두가 입에 문 찐빵을 접시에 내려놓았다. 그런 다음 물을 한 모금 마셔 입을 가셨다.

"이미 알고 있었어!"

"뭐? 어떻게?"

"거기 갔었던 애 한 명이 어제 자랑스럽게 떠벌리더라. 짜장면 맛어떠니? 이 찐빵보다 맛있지?"

아니라고 대답하려다가 솔직히 말했다.

"응! 짜장면 진짜 맛있더라."

"그러면 너, 내년 2학년 때 나를 한 번 더 추천해줘라. 내가 공부는 별로지만 반장은 한번 해보고 싶다. 그때는 내가 찐빵 말고 짜장면 사줄게. 크하하하!"

건우를 따라 승열이도 큰 소리로 웃었다. 그러자 여학생들이 고개를 돌려 동시에 쳐다보았다.

3월 14일 월요일.

건우가 내일 시내 서점에 나가서 필요한 책을 사자고 제안했다. 승열이도 사야 할 책이 있어 그러기로 했다. 내일은 제4대 정·부통령선거일로 임시 공휴일이기에 학교 수업이 없었다. 서점에 들렀다가 아직 구경하지 못한 중심가 골목들을 돌아보고 시간이 남으면 저녁때 시민극장도 가보기로 합의를 보았다. 그동안 극장 영화를 한 번도 보지 못했기에 극장이 어떻게 생겼고 영화가 어떻게 상영되는지 알고 싶었다. '사도세자'라는 영화가 상영 중이라고 아까 점심때 앞자리에 앉은 급우에게 들었었다. 그 급우의 이야기를 듣다 보니 건우네 고향집 마루에 있던 투박하고 커다란 뒤주가 생각났었다.

"아무리 왕이라고 해도 어떻게 아버지가 자기 아들을 뒤주 속에 가둬서 굶겨 죽일 수가 있냐?"

"뭐에 눈이 멀었던 모양이지! 눈이 멀면 무슨 짓은 못해?"

3월 15일 화요일.

09시 50분. 건우가 찾아와 방에서 사야 할 책 이야기를 나누었다.

"나는 부기 문제집 사려고 그래. 승열이 너는?"

"나는 부기 문제집하고 주산 문제집. 선생님이 문제를 많이 풀어 보라고 그랬잖아? 집에서 하루 한두 장씩 풀어보려고."

10시 40분. 건우와 함께 집을 나섰다. 자산동 이모할머니 집에서 시내 중심가에 있는 서점에 가려면 보덕암 언덕길을 넘어 언약교회까지 내려간 다음 국도를 건너 상업은행 옆길로 빠져나가는 게 빨랐다. 그러면 잰걸음으로 40분이면 충분했다.

"건우야, 이것 좀 보고 가자!"

언약교회까지 갔을 때 승열이 교회 벽면을 가리키며 말했다. 그 동안은 대충 보고 지나쳤었는데 오늘은 꼼꼼히 읽어보고 싶은 마음이 들었다. 벽에는 각 당의 정·부통령후보로 출마한 사람들의 얼굴 사진이 길게 붙어있었다. 자유당은 이승만과 이기붕이었고 민주당은 조병옥과 장면이었다. 특이한 것은 조병옥 후보는 사진을 넣어야 할 자리가 허옇게 빈 채 '사망'이라는 붉은 도장이 찍혀있었다.

"이 사람은 뭐야? 죽은 거야?"

"응! 출마해놓고 죽었대. 이모할머니한테 들었어!"

"그러면 이 이승만이 자동으로 단독 출마가 된 거네. 대통령 또 따놓은 당상 아냐?"

"그런 셈이지! 결국 부통령을 뽑는 선거라고 그랬어!"

승열은 건우와 벽보판에 붙은 후보자들의 포스터를 대조해보면서 이야기를 나눴다. 그러면서 자유당 정·부통령후보 사진 위에 고딕체로 쓰여있는 '나라 위한 팔십 평생 합심하여 또 모시자!'와 '이번에는 속지 말고 바로 뽑자 부통령!'이라고 쓰인 구호를 나직이 읊조려보기도 했다.

"승열아, 네가 유권자라면 누굴 찍겠어? 자유당 이기붕? 민주당 장면?"

"글쎄? 아직 유권자가 아니라서……. 그런데 우리 이모할머니네 식구들은 이 사람은 그다지……."

말을 미처 다 끝맺지 못했을 때였다.

갑자기 큰길 쪽이 소란스러워지더니 확성기 소리가 들려왔다. 큰길로 얼른 달려갔다. 민주당의 소형 트럭이 시내 쪽으로 움직이면서 방송을 하고 있었고 수십 명의 사람들이 뒤따르며 구호를 외쳐댔다.

"부정선거 중단하라!"

잠시 소규모 시위대를 바라보다 다시 시내 중심가로 향했다. 가는 길 내내 이곳저곳에서 부정선거 중단하라는 외침이 들려왔고 그 소리는 점점 더 커져갔다. 사람들도 점점 더 많이 거리로 몰려나왔다. 사방에서 꼬리에 꼬리를 물고 있었다.

"선거가 뭐 잘못된 모양이다."

"응! 그런가 봐."

12시 30분. 시내 중심가에 이르렀을 때 승열과 건우는 동시에 놀랐다. 수백 명의 사람들이 찻길을 메우고 부정선거 무효를 소리치고 있었다. 고등학생들도 상당히 많았다. 승열과 건우는 서점으로 가던 발길을 멈추고 길옆에 서서 시위대를 지켜보았다. 잠깐 구호 소리가 멈추자, 양복 차림의 남자가 지프차에 올라 마이크를 넘겨받고 말을 하기 시작했다.

"시민 여러분! 이번 선거는 명백한 부정선거입니다. 이승만 자유당 정부가 독재 권력을 연장하려고 무려 4할이나 사전 투표를 해놓았답니다. 선거 하루 전날인 어제, 자유당은 전국의 모든 투표함에 이승만과 이기붕이 찍혀있는 위조 투표지를 무더기로 집어넣었음이 밝혀졌습니다. 그뿐만이 아닙니다. 3인, 5인, 7인으로 조를 짜서 서로 누구를 찍나 감시케 하는 공개투표까지 저지르고 있습니다. 민주주의국가라는 우리나라에서 어떻게 이런 일이 있을 수 있습니까?"

그 말을 듣자마자 승열은 피가 끓고 혈압이 올랐다. 호흡이 가빠졌다. 아무리 안정을 하려고 해도 되지 않았다. 그동안 보고 들은 것들을 되짚어볼 때 양복 차림의 남자가 방금 말한 내용이 거짓이 아니라는 확신이 섰다. 그러자 더욱 피가 끓어오르고 혈압이 상승됐다. 승열은 두 주먹을 불끈 쥐고 이빨을 악물었다. 양심상 도저히 모르는 척할 수가 없었다. 그러면 두고두고 양심의 가책에 시달리며 평생을 후회할 것 같았다. 앞뒤 재볼 것도 없었다. 즉시 군중 속으로 뛰어들었다. 건우도 뒤따랐다. 다시 규탄 구호가 선창되고 군중들이 일제히 복창을 했다. 그렇게 주먹을 치켜들며 한참 동안 구호를 외치다가 새로운 뉴스가 들어오면 누군가가 그 내용을 군중들에게 알렸다. 그렇게 반복하기를 열두어 차례나 계속되었다.

14시 30분. 또다시 구호를 중지시키고 나이가 지긋한 사람이 차에 올라 마이크를 잡았다.

"여러분! 부정선거에 항의하던 저희 당 간부 30여 명이 경찰에 강제 연행되어 갔습니다. 권력에, 정권 유지에 눈이 먼 자유당 정부는 사전투표, 감시투표로도 모자라 지금 정치 깡패들을 동원해 각 투표소에 있는 야당 참관인을 폭력으로 몰아내고 미리 돈으로 매수한 유권자에게 20장씩 투표용지를 줘 무더기 찬성표를 찍게 하고 있습니다. 이런 일이 경찰의 비호 아래 전국적으로 자행되고 있습니다. 참으로 천인이 공노할 짓입니다. 이것은 사전에 철저히 계획되고 조직된 명백한 부정 불법 선거입니다. 따라서 우리 당은 이번 선거가 완전 무효임을 선포합니다."

시위대는 우레보다 큰 함성 소리에 이어 선거 무효를 외치기 시작했다. 사방에서 학생들이 속속 몰려들었고 시민들도 대거 참가해 시위대 규모는 이제 수천 명으로 커졌다. 시위대는 한마음으로 거리를 누비며 부정선거와 선거 무효를 끊임없이 반복했다. 그러면서 저지하는 경찰을 향해 돌멩이를 던졌다. 승열이도 노랗게 피어오르는 최류탄 가스를 아랑곳 않고 여러 차례 돌을 집어 던졌다. 쌀쌀한 바람이 부는 날씨에도 시간이 흐를수록 사람들은 눈덩이처럼 불어났다. 저녁이 지나고 밤이 되자 그 숫자는 만 명이 넘어 주요 거리마다 꽉꽉 들어찼다.

19시 20분. 무장경찰과 간간이 투석전을 벌이던 시위대가 세 무리로 나눠져 이동하기 시작했다. 한 무리는 오동동파출소를 향해, 또 한 무리는 북마산파출소를 향해, 그리고 나머지 한 무리는 개표가 이루어지고 있는 마산시청을 향해 전진해나갔다. 승열이와 건우는 시청 쪽을 택했다. 거리를 가득 메운 시위대 앞에 서서 목이 터져라 선거 무효!를 부르짖었다. 교복 차림의 또래 고등학생들이 많이 있어서 점심, 저녁을 먹지 않았는데도 힘이 솟았다.

날씨가 추워서 그런지 처음에 시위대는 질서정연하지 못하고 무더기 무더기로 움직였다. 무학국민학교 앞을 지날 때 승열은 얼핏 호떡 아주머니를 보았다. 우측 인도 가로등 밑에 서서 시위대에게 호떡을 나눠주고 있었다. 두 딸과 함께였다. 반갑고 고마운 마음에 손을 흔들었지만 워낙 많은 사람들과 섞여있어서 알아보지 못했다. 본격적인 시위가 시작된 건 무학국민학교를 지나 직선길로 접어들고부터였다. 앞쪽에 선 학생들이 먼저 차츰차츰 대오를 갖추었고, 주도자들의 선창에 따라 주먹을 머리 위로 추켜올리며 일제히 구호를 외쳐댔다.

"부정선거!"

"선거 무효!"

20시 00분. 도립마산병원을 지나자 전방 200미터 지점에 무장 경찰들이 철조망 바리게이트로 길을 겹겹이 막고 있었다. 그들 뒤로 시청 출입구가 보였다. 칼빈 소총과 진압봉으로 무장한 경찰을 보자 시위대는 더욱 크게 구호를 외치며 앞으로 전진했다. 10미터, 20미터, 30미터…… 점점 가까이 다가가자 경찰지휘관이 핸드마이크로 뭐라고 소리쳤지만 시위대의 함성에 묻혀 들리지 않았다.

"독재 타도!"

"민주 수호!"

20시 15분. 한 발 한 발 전진해 바리게이트를 채 100미터도 앞두지 않은 지점에 이르렀다. 4열 횡대를 이루고 서있는 2개 중대 규모의 경찰들이 시위대를 향해 칼빈 소총을 겨누었다. 하지만 시위대는 걸음을 멈추지 않고 계속 전진해 30여 미터를 더 나갔다. 바로 그때였다. 가로등이 일제히 꺼지면서 거리가 캄캄해졌다. 그리고 동시에 펑! 펑! 펑! 무언가를 연달아 쏘는 소리가 들렸고, 1, 2초 후 고막을 찢는 칼빈총 소리가 어둠 속에 크게 울려 퍼졌다.

3월 16일 수요일.

아침 조례 시간에 들어온 담임의 표정은 심각하게 굳어있었다. 아마도 어제 부정선거를 규탄하는 대규모 시위 때문인 것 같았다. 아직 등교하지 않은 승열이 걱정으로 건우는 매우 초조했다. 어젯밤, 어둠 속에서 총소리가 울려 퍼졌을 때 시위대는 혼비백산하여 사방팔방으로 뿔뿔이 흩어졌었다. 건우 역시 기겁을 해서 방향을 잃고 무작정 내뛰었다. 이 골목 저 골목 한참을 헤매다가 하숙집에 들어간 시간은 열한 시 사십오 분이었다. 통행금지 때문에 승열이 한테 가보지 못하고 내일 학교에 오겠거니 생각하면서 밤새 불안에 떨었었다.

담임이 출석을 부르며 결석 체크를 했다.

"두 명이 아직 안 왔네!"

무거운 목소리였다. 그 말을 하고는 생각에 잠긴 듯 잠시 아무 소리도 하지 않았다. 입술을 지그시 깨물고 눈동자만 좌우로 살살 굴리며 시간을 보냈다. 그 모습을 바라보던 건우는 텅 빈 승열이 자리를 한 번 쓰다듬고서 손을 들었다.

"선생님!"

"응! 송건우, 뭐야?"

담임이 놀란 눈으로 바라보며 물었다.

"저, 사실은 어제 김승열이랑 시위에 참가했었어요."

"그래? 그럼 지금 김승열은 어디 있어?"

"경찰이 총을 쏘는 바람에 저는 무작정 도망을 쳤는데, 승열이는 어떻게 됐나 모르겠어요. 오늘 수업 끝나고 승열이 하숙집에 가보려고요."

그러라고 말한 뒤 담임이 차분히 지시사항을 전했다.

"들어서 아는 사람은 알겠지만, 지금 시국이 몹시 혼란스럽다. 이런 때는 경거망동하지 말고 집 밖으로 함부로 나가지 말기 바란다.

친구 따라 부화뇌동도 하지 말고 언행도 각별히 조심하고."

듣고 보니 묘한 뉘앙스를 풍기는 말이었다. 평소에 했던 말, 특히 지난 토요일 반장 선거 후에 했던 말과는 판이하게 달랐다.

"어제 일 알고 계십니까?"

건우가 따지듯 물었다.

"신문도 보고 라디오도 들어 알고 있다."

"그러면 우리는 어떡해야 합니까? 그냥 보고 있어야 합니까?"

"글쎄? 음! 너희는 아직 어린 학생이다. 어른들의 정치에 참견하는 것은 바람직하지 않다고 생각한다. 내 말 틀렸나?"

아무도 대답하지 않았다. 건우 역시 틀렸다고 대답하기에는 무언가 좀 찜찜했다. 그때였다.

"선생님 말씀이 맞습니다."

반장 민형두가 담임을 두둔하고 나섰다. 벌떡 일어난 민형두는 담임과 건우를 번갈아 바라보며 침을 튀겼다.

"우리나라는 법에 따라 만 20세가 되어야 선거권이 주어지고 유권자가 됩니다. 그런데 아직 어린 우리가 어른들의 정치 문제에 뛰어들어 소란을 피우는 건 옳지 않다고 생각합니다. 그건 불법으로, 정치 참여는 나중에 어른이 되어 투표로 하는 게 옳습니다."

반 아이들이 웅성거렸다. 형두 말이 맞다, 그르다, 서로 의견을 교환하느라 얼마간 소란스러웠다.

형두를 노려보던 건우는 교단에 서있는 담임에게로 시선을 옮기며 벌떡 일어났다. 그러고는 반박을 하기 시작했다.

"그 선거가 애초에 잘못된 거라면요? 사전에 조직적으로 짜여진 부정 불법 선거라면요? 정부가 나쁜 마음으로 결과를 조작했다면요? 그래도 그 결과를 받아들이고 순응해야 하는 겁니까? 아직 학생이라고, 아직 어리다고 그냥 잠잠히 보고만 있어야 하는 겁니까? 그게 민주주의를 보호하고 지키는 겁니까? 그러면 우리가 학교에서 누차 배웠고, 또 전에 선생님이 하신 말씀과 완전히 다르잖습니까?"

담임의 얼굴이 붉어졌다. 형두가 또 뭐라 재반박을 하려고 입술에 침을 발랐다. 그러나 담임이 손을 들어 저지시켰다. 무거운 침묵이 교실 안을 맴돌았다. 창밖 멀리에서 시위대들이 외치는 함성 소리가 조그맣게 들려왔다.

"형두 말이 옳다. 나라에는 법이 있다. 그 법에 따라 너희들은 선거권이 없기에 정치 참여를 해서는 안 된다. 우리 선생들도 국가 공무원이라 정치 활동이 금지되어있다. 그리고 학교는 이론을 가르치는 곳이지 구체적 행동 지침을 시달하는 곳이 아니다. 이점을 착각하지 말기 바란다."

건우는 더 이상 참지 못하고 교실을 뛰쳐나갔다.

"야, 송건우! 너, 이리 안 돌아와?"

담임이 소리쳤으나 돌아가지 않았다. 잠시 후 부반장을 비롯한 급우 대여섯 명이 뒤따라 나왔다.

승열은 하숙을 하고 있는 이모할머니네 집에 없었다. 어젯밤에 들어오지 않았다는 것이었다. 급우들과 시청 주변 골목골목을 찾아 헤맸으나 그 어디에서도 승열을 발견하지 못했다. 그러던 중 어젯밤 시위에서 경찰의 무차별 발포와 진압으로 여러 명이 죽고 수십 명이 다쳤으며, 많은 사람이 연행되어 가 공산주의자로 몰려 지독한 고문을 당하고 있다는 말이 들렸다. 심하게 다친 사람들 중에는 시위대가 아닌 호떡 장사 아주머니와 딸이 포함됐다는 소리도 떠돌았다. 그런데도 거리 곳곳에서는 시위대와 진압경찰 간의 충돌이 벌어져 부상자가 속출하고 있었다.

3월 19일 토요일.

이승만 대통령이 '3·15선거와 마산사건'에 대한 담화를 발표했다. 승열이를 찾아 헤매던 건우는 친구들과 민주당 경남도당 사무실 앞에서 확성기를 통해 울려 퍼지는 라디오 소리를 들었다. 수백 명의 사람들이 귀를 기울이고 있는 가운데 특이한 목소리의 고령 대통령이 느릿느릿 담화문을 읽어 내려갔다.

"나는 대한민국 대통령, 이승만입네다. 지난 3월 15일, 전국적으로 규율 있는 선거가 실시되던 중, 마산에서 지각 없는 사람들의 선동으로, 난동이 일어나 사상자가 나게 된 것을, 국민과 더불어 심히 유감으로 생각하는 바입네. 내가 보고를 들으니, 몰지각한 어른들이 난동에 철없는 어린아이들을 앞장세워, 돌질을 하고 파출소를 습격하고, 방화하며 가옥을 파괴했다고 합네. 이런 짓은, 민주주의 국가에서는 절대 있을 수 없는 일입네. 앞으로는……."

들고 있던 사람들이 벌 떼처럼 들고 일어나 독재 퇴진을 외쳤다. 정부의 조직적인 부정 불법 선거로 분노의 불이 붙어있던 군중들의 가슴에 휘발유를 뿌린 격이었다.

13

눈꽃송이

　얼마나 시간이 흘렀을까. 며칠이나 지났을까. 나는 왜 이 어둡고 차가운 밑바닥에 이리도 오래 누워있는 걸까. 모르겠다. 알 수가 없다. 여전히 손과 발이 말을 듣지 않는다. 고향집 뒷동산 무덤가에 쓰러진 소나무처럼 마냥 누워있을 뿐이다. 전신이 점차 딱딱하게 굳어지더니 이제는 화강암 비석인 양 옴짝달싹하지 않는다. 수백 톤의 바위에 짓눌린 듯 가슴이 답답하다. 눈이 아프다. 마음이 아프다.

　이 상태를, 이 상황을 벗어나고 싶다. 칠흑 같은 이 어둠 속에,

얼음 같은 이 차가움 속에 더 이상 머물고 싶지 않다. 누군가가 나를 좀 들어 올려주었으면! 그러나 그건 헛된 바람일 뿐, 인기척이라곤 전혀 없다. 그래도 반복해서 간절히 기원을 해본다. 아버지, 어머니, 누나, 형을 불러본다. 입으로 발음이 되어 나오지는 않지만 고향 친구 철남이, 태석이, 학교 친구 건우, 그리고 그 애의 이름도 불러본다. 온 힘을 기울여 목이 터져라 불러보지만 아무도 대답하지 않는다. 부르는 이름들이 머릿속에서만 소용돌이처럼 맴돌 뿐, 되돌아오는 메아리조차 없다. 또다시 소름이 돋도록 고요한 시간만 지루하게 흐른다.

배가 불러온다. 그동안 아무것도 먹은 게 없는데 배가 점점 불러져 봉긋하다. 그래도 자꾸 부풀어 오른다. 마치 바가지를 엎어놓은 듯 불룩해지더니 마침내는 고무풍선처럼 팽팽하게 커진다. 입이 열린다. 내 의지와 상관없이 입술이 조금씩 벌어진다. 곧 교복 단추 구멍만큼 벌어진 입술 틈새로 기포가 한 방울 빠져나온다. 콩알만 한 기포 방울 하나가 꼬르륵 소리를 내며 위쪽으로 사라진다. 그것을 필두로 또 다른 기포 방울들이 연이어서 내 입을 빠져나간다. 한 방울, 두 방울, 세 방울……. 줄줄이 이어지더니 마침내는 수십 수백 개의 기포들이 한꺼번에 나와서 앞다퉈 위로 오른다. 마치 별들이 우르르 하늘로 오르는 모양새다.

소리다. 아스라한 소리. 내 입을 빠져나간 기포 방울들이 별무리가 되어 위쪽으로 다 사라지자, 한 번도 들어본 적이 없는 소리가 귀에 잡힌다. 머리카락이 자라는 소리 같기도 하고, 혈관을 따라 흐르는 피 소리 같기도 하고, 굳었던 근육이 풀어지는 소리나 피부가 늘어지는 소리처럼도 들린다. 아니면, 4월 새봄 뒷동산에 진달래꽃이 피는 소리? 한여름 미루나무를 스치는 바람 소리? 파란 가을 하늘을 느릿느릿 떠가는 흰 구름 소리? 한겨울 이른 새벽에 눈 내리는 소리? 아니, 아니! 멀리서 누군가가 내 이름을 부르는 소리 같다. 귀에 익은 목소리. 누군가가 분명 나를 부르고 있다. 그 소리에 심장이 보글보글 끓는 듯하더니 욕망이 솟구친다. 보고 싶다. 빛을, 하늘을, 가족들을, 친구들을, 그리고 그 아이를.

이상한 일이다. 간절한 욕망 때문인지, 갑자기 전신이 요천 둑길의 강아지풀처럼 미약하게 흔들린다. 그리고 곧 몸이 차츰차츰 가벼워지며 양쪽 팔이 들썩이고 양쪽 다리도 움직거린다. 이어 몸통도 크게 흔들린다. 목을 조였던 밧줄과 허리를 돌려 맸던 밧줄, 오금을 돌려 감았던 밧줄이 삭아서 끊어진 모양이다. 아픔이 훨씬 줄어든다. 그렇지만 오른쪽 눈은 여전히 쿡쿡 쑤시고 몹시 아프다. 길쭉하고 무거운 쇳덩어리가 깊숙이 박힌 게 틀림없다. 왼쪽 눈만이라도 뜨였으면 좋을 텐데. 왼쪽 눈 역시 떠지지가 않는다.

어어? 몸이 들린다. 몸 전체가 위로 약간 뜬다. 뒷머리, 어깨, 등, 엉덩이, 다리, 팔이 밑바닥에서 한 뼘쯤 들어 올려진다. 그러고는 조금씩 조금씩 위를 향해 올라간다. 또다시 입에서 나온 수백 수천 개의 기포가 먼저 오르고 그 기포들을 따라 내 몸이 올라간다. 거북이처럼 느리게 한참을 오르자 희미한 빛이 왼쪽 눈꺼풀에 감지된다. 기온도 상승되어 밑바닥보다는 많이 따스하다. 그로 인해 굳어있던 몸이 더욱 풀려 팔과 다리 근육이 부드러워진다.

아! 드디어 왼쪽 눈꺼풀에 밝은 빛이 와 닿는다. 햇빛이 분명하다. 귀에는 파도소리가 들린다. 철썩거리는 파도소리에 갈매기들의 날갯짓 소리도 섞여있다. 뺨에 바람이 느껴진다. 바닷바람과 육지 바람이 동시에 코끝을 스친다. 비릿한 생선 냄새 뒤로 한 가닥 향긋한 꽃 내음이 지나간다. 진달래꽃 향기가 분명하다. 그러면 4월? 기억 하나가 또렷하게 생각난다. 맞아! 4월 10일 일요일 정오! 그 애와 만자자고 약속을 했었는데! 마산 중앙 부두 중간지점 열일곱 번째 벤치에서. 오늘이 며칠이지? 알 수가 없다.

통나무처럼 굳어있던 몸은 꽤 부드러워졌으나 여전히 팔다리는 내 의지대로 움직이지 않는다. 다만 파도를 따라 끊임없이 일렁거릴 뿐이다. 파도에 몸을 맡긴 채 가만히 귀를 기울인다. 철썩이는 파도가 일정 방향으로 나를 한 뼘씩 한 뼘씩 밀어주고 있다. 파도소리를 세며 흐르는 시간을 계산해본다. 5분 정도 지났을 때, 좀 더 강한 빛이 왼쪽 눈까풀에 감지된다. 눈꺼풀에 힘을 준다. 온 힘을 기울여 힘겹게 들어올린다. 그러자 왼쪽 눈이 조금 뜨인다. 아!

하늘이 보인다. 엄마의 청라 비단 치마보다 더 파란 하늘이 끝없이 펼쳐져있다. 훈훈한 육지 바람이 느껴진다. 바람을 타고 온 진한 진달래꽃 향기가 코로 스며든다.

진달래꽃 향기가 날아온 쪽으로 시선을 돌린다. 부두 벤치 앞에 누군가가 홀로 서있다. 검정색 치마 차림으로 보아 여자다. 시선을 모아 여자를 바라본다. 거리가 멀어 확실하지 않지만 소녀 같다. 파도를 타고 몸이 서너 차례 솟구쳐 올랐다가 도로 내려간다. 그제야 소녀도 나를 발견하고 한 발 두 발 난간으로 다가온다. 교복 차림의 단발머리 여학생. 선미? 선미다! 선미가 놀란 눈으로 나를 바라본다. 그러나 아직 내가 누군지 모르는 눈치다. 눈길이 마주쳤으나 알아보는 표정이 아니다. 왜 나를 몰라보는 건지 이해가 되지 않는다.

"선미야! 나야! 나!"

크게 소리쳐 부른다. 하지만 어찌된 일인지 입만 뻥긋거릴 뿐 또 목소리가 나오지 않는다. 나는 분명 큰 소리로 부르는데 선미는 전혀 듣지 못한다. 초조하고 불안해진다.

난간에 바짝 서서 나를 바라보던 선미는 손바닥으로 입을 가리고 두 눈을 뚱그렇게 뜬 채 어쩔 줄 몰라 하고 있다. 몹시 놀란 표정으로 화강암 비석처럼 움직임 없이 서서 온몸을 가늘게 떨고만 있다. 그런 선미를 보고 한 명 두 명 사람들이 몰려든다. 선미는 금세 인파에 둘러싸여 보이지 않는다. 누군가가 나를 손가락으로 가리킨다. 사람들의 시선이 일제히 나를 향하고 웅성거리는 소리가 점점 커진다. 어느 사람이 카메라를 들이대고 나를 찍는다.

"선미야! 선미야!"

선미가 보이지 않자 나는 황급히 선미를 부르며 허리에 힘을 준다. 그 순간, 몸이 새털처럼 가벼워지면서 공중으로 솟아오른다. 순식간에 바닷물 표면에서 20미터나 솟구친다. 아래를 내려다본다. 바닷물 위에 누군가가 떠있다. 엉? 나다. 교복 상의 왼쪽 가슴에 단 명찰을 보니 내가 틀림없다. 바다에 떠있는 나는 오른쪽 눈에 큼직한 쇳덩이가 박혀 얼굴이 기형적으로 뒤틀려있고, 머리, 이마, 턱, 목에는 성게, 좁쌀고둥, 불가사리, 갯지렁이 등이 다닥다닥 붙어있다. 게다가 피부까지 거무튀튀하게 변해 아주 끔찍한 모습이다. 저런 처참한 모습의 나를 보고 선미가 피해 달아난 것이 분명하다.

바닷바람에 밀려 몸이 좀 더 높이 솟는다. 저만치 앞에 시내 쪽으로 달려가는 선미의 뒷모습이 보인다. 바닷바람을 타고 그리로 다가간다. 다가가면서 큰 소리로 부른다. 선미의 머리 위를 낮게 날면서 이름을 부른다. 손을 내리뻗어 어깨를 쳐보기도 한다.

"선미야, 나야, 나! 승열이! 너하고의 약속을 지키기 위해서 왔어!"

하지만 선미는 아무 반응이 없다. 내 말을 알아듣지도 못하고 나를 보지도 못한다. 안타까운 마음에 더 크게 불러보지만 소용이 없다. 선미는 훌쩍거리며 큰길을 건너 어느 골목 속으로 사라져버린다. 선미를 쫓아가려고 애를 쓴다. 그러나 바람의 방향이 바뀌어 나는 엉뚱한 곳으로 떠밀려간다.

바람에 밀려 이리저리 헤매다 보니 마산역 광장이다. 시계탑 꼭대기 원형 시계가 13시 12분을 가리키고 있다. 그리고 원형 시계 밑에는 날짜가 표시되어있다. 1960년 4월 11일 월요일. 11일? 눈을 비비고 다시 확인한다. 11일 월요일이 틀림없다. 내가 하루 늦게 온 거다. 그렇다면 선미는 어제 12시와 오늘 12시에 약속 장소인 중앙부두 열일곱 번째 벤치에 나왔던 게 확실하다. 약속을 어긴 나를 원망하며 기다렸을 것이다. 미안스러운 마음에 코끝이 찡하다. 마산여고 쪽으로 몸을 돌려 다시 선미를 찾아 나선다. 하지만 강풍이 불어 내 몸은 허깨비처럼 펄럭이며 의도하지 않은 방향으로 날아가고 만다.

겨우겨우 바람을 헤치며 가까운 마산역 광장에 다다른다. 시계탑에 4월 19일 화요일이라는 글자가 눈에 띈다. 시간은 오전 10시 33분. 지난 며칠 동안 나는 강풍에 휩쓸려 허공을 이리저리 흘러 다니기도 했고, 바닷바람과 산바람이 거세게 마주쳐 회오리바람이 형성된 무학산 골짜기에서 이틀 밤낮을 맴돌기도 했다. 그리고 서쪽 대곡산 꼭대기 칼바위 틈에 끼어 오들오들 밤도 세웠고, 동쪽 팔용산 중턱 가시나무 가지에 거꾸로 걸려 꼬박 하루를 버둥질 쳤었다. 오늘도 우중충한 날씨에 바람도 세다. 꽃샘추위가 닥친 것이다. 바람을 타고 어디선가 함성 소리가 들려온다. 그쪽으로 헤엄을 치듯 다가간다. 시위대다. 족히 수천 명은 되어 보이는 많은 수의 사람들이 서성교차로를 가득 메우고 있다.

"여러분! 입만 열면 국민이 이 나라의 주인이라면서, 또 이렇게 주인을 속이고 바보 취급하면 되겠습니까? 이제 우리는 더 이상 바보가 아님을, 이 나라의 엄연한 주인임을 확실하게 보여줘야 합니다. 여러분! 고름은 피가 되지 않는 법입니다. 흐르지 않는 물은 반드시 썩기 마련입니다. 이 정권은 이미 곪을 대로 곪았고, 썩을 대로 썩어 악취를 풍기지 않는 곳이 없습니다. 속히 고름을 짜내야 합니다. 지체 없이 맑고 깨끗한 물로 바꿔야 합니다. 그래야만 민주주의를 살리고 나라를 구할 수 있습니다. 우리 이 자리에서 전 국민을 향해 약속합시다, 여러분! 죽어버린 민주주의를 반드시, 기필코 되살려내겠다고. 되살려서 영원히 지켜내겠다고."

독립운동가요, 사회사업가이며, 교육자이고, 언론인이었던 고 명도석 선생의 둘째 아들이라고 자신을 소개한 사람의 차분하면서도 호소력 있는 목소리가 마산 시내 상공에 한참동안 울려 퍼진다.

"갑시다, 경찰서로!"

참가자가 급격히 불어 2만 명 규모가 된 시위대는 선도자들을 따라 거대한 파도처럼 서쪽으로 이동한다.

"이승만은 물러가라!"

"부정선거 다시 하라!"

사람들은 그렇게 외치면서 대로를 따라 계속 진행한다. 지나는 길목마다 시민들이 속속 합류해 시위대의 규모는 더욱 불어난다. 좀 더 아래로 내려가자 학생들도 보인다. 시위대 앞부분에 검정 교복 차림의 남학생들이 주먹을 들어 올리면서 구호를 외치고 있다. 시위를 선도하는 학생들 중 낯익은 학생이 눈에 띈다. 내 짝 송건우와 비슷하다. 그러나 모자를 깊이 눌러쓰고 몸을 계속 움직이고 있어서 확실하지 않다. 놀랍게도 맹소달 선생님이 시위대에 섞여 있다. 시위대 앞쪽에서 예닐곱 명의 선도 학생들과 수백 명의 마산상고생들을 이끄는 중이다. 여러 학교 남학생 700여 명 옆으로 여학생들의 모습도 보인다. 검정 치마, 검정 상의에 하얀 목 칼라가 선명한 여학생 300여 명이 누군가의 선창을 따라 큰 목소리로 구호를 외쳐댄다. 마치 남학생들과 경쟁이라도 하듯 절도 있게 팔을 들어 올리고 목청껏 고함친다. 두어 걸음 앞에서 시위대를 인도하는 어느 여학생을 유심히 살핀다. 눈에 익은 체형이다. 키도 비슷하고.

"서, 선미?"

고개를 갸웃거리면서 더 가까이 내려간다. 지선미가 분명하다. 하지만 예전에 보아왔던 얌전하고 수줍음 많던 그런 얼굴, 그런 표정이 아니다. 굳은 표정, 이글거리는 눈동자, 카랑카랑한 목소리로 구호를 선창하며 여학생 시위대를 이끌고 있다.

"살인경찰 물러가라!"

"김승열을 살려내라!"

김승열? 나를 살려내라고? 그제야 나는 내가 살아있는 사람이 아니라는 걸 깨닫는다. 그렇다고 죽은 사람도 아닌 것 같다. 그러니까 지금 나는 육신이 없는 영혼으로 허공을 떠돌고 있구나! 그래서 선미가 나를 알아보지 못하고 내 목소리도 듣지 못하는 거구나. 이제 다시는 선미를 만날 수도, 얘기를 나눌 수도, 손을 잡을 수도 없는 것이구나! 울컥, 감정이 북받치며 눈물이 주루룩 흘러내린다. 가슴이 미어져 수천 조각으로 찢겨질 듯하다.

흐린 하늘에서 마침내 눈발이 날리기 시작한다. 하얀 눈발이 시위대를 향해 은가루처럼 떨어져 내린다. 바람도 점점 거세져 시위대의 구호 소리가 토막토막 분절되어 들린다. 눈발은 점점 커져 이제 엄지손톱만 한 크기의 눈송이로 변해 어지러이 휘날린다. 자세히 보니 휘날리는 건 하얀 눈송이뿐만이 아니다. 어디선가 붉은 꽃송이가 드문드문 날아와 하얀 눈송이와 한데 뒤섞이며 허공을 맴돈다. 눈송이와 꽃송이의 소용돌이가 공중에 크게 형성된다.

눈송이 세례를 맞으며 시위대는 앞으로 앞으로 나아간다. 길바닥에 하얗게 내려 깔리는 눈을 밟으며 완전 무장한 수백 명의 경찰들이 겹겹으로 도열해 서있는, 해안도로와의 합류지점을 향해 전진한다. 선두에 선 학생 시위대는 총부리를 겨누고 있는 경찰들을 조금도 두려워하지 않고 일정한 속도로 계속 나아간다.

"살인경찰 물러가라!"

"김승열을 살려내라!"

"이승만은 물러가라!"

경찰 지휘자가 마이크로 경고를 한다.

"그 자리에서 멈춰라! 더 이상 다가오면 발포하겠다."

그러나 선미는 전혀 아랑곳 않고 더 큰 소리로 외치며 더 큰 보폭으로 당당히 전진한다. 경찰의 경고도 거세진 바람도 선미를 막지 못한다. 하지만 나는 바람에 떠밀려 위로 상승한다. 순간, 시위대 속에 있는 엄마 모습을 얼핏 본 것 같다. 두 눈을 부릅뜨고 시위대 중간쯤을 살핀다. 내가 잘못 본 모양이다. 이동하는 많은 사람들에 섞여서 누가 누군지 알 수가 없다. 거리도 멀고. 선미에게 가까이 가야 하는데, 오히려 내 몸은 더 위쪽으로 향한다. 내 의지와는 반대로 거대한 먹구름이 괴물 형상으로 자리 잡고 있는 천주산 북쪽 하늘로 밀려간다. 선미의 모습이 점점 작아진다.

시위대의 구호 소리가 조그맣게 들리고 선미가 몽당연필만 한 크

기로 작아졌을 때,

"마지막 경고다! 즉시 멈춰라!"

경찰 지휘자의 마지막 경고 방송이 크게 울려 퍼진다. 그리고 곧 수십 발의 총소리가 하늘을 뒤흔든다. 총소리에 놀랐는지 붉은 꽃송이가 하얀 눈송이보다 더 많이 휘날리며 서성대로 바닥에 무수히 떨어져 쌓인다. 그 순간 눈이 하얗게 깔린 넓은 길이 빠르게 붉은 색으로 변하면서 역한 피비린내를 풍긴다.

아무래도 선미가 잘못된 것 같다. 필사의 노력으로 선미에게 다가가려 하지만 역부족이다. 차츰차츰 하늘을 뒤덮고 있는 괴물 형상의 먹구름이 어마어마한 힘으로 나를 빨아들인다. 이미 죽어 허깨비가 되어버린 나는 속수무책으로 끌려갈 수밖에 없다.

"선미야—!"

선미를 부른다.

"건우야—!"

건우를 부른다. 목이 터지도록 부르고 또 부른다. 대답이 없다.

이제 시위대들도 콩알만 하게 작아지더니 다시 깨알 크기로 줄어든다. 그러다 끝내는 보이지 않는다. 더 이상 함성 소리도 들리지 않고 총소리 역시 귀에 잡히지 않는다. 내 몸은 이미 반이 넘게 먹구름 속으로 끌려 들어간 상태다. 불길함이 음산하게 감도는 먹구름이다. 온 하늘을 두껍게 뒤덮어 수십 년간 세상을 캄캄하게 만들 것 같은 예감에 전신이 부르르 떨린다.

이윽고 먹구름은 내 배를 삼키고, 가슴을 삼키고, 어깨를 삼킨다. 이제는 정말 끝인가 보다. 다시는 아무도 만날 수도, 볼 수도 없을 테지! 생각조차 못할지도 몰라! 죽음은 그런 거라니까! 하나밖에 없는 눈에 눈물이 고인다. 나는 왜 겨우 열일곱 살 나이에 죽임을 당했는가? 누구를 위해? 무엇을 위해? 다시 살아나고 싶다. 다시 살아나 친구들과 함께 공부하고, 꿈꾸고, 놀고도 싶다. 그러나 그것은 불가능한 일. 왼쪽 눈에 가득 고여있던 눈물이 아래로 떨어져 내린다. 끊임없이 이어서 떨어지는 눈물방울들. 어둔 밤하늘에 빼곡히 떠서 빛을 주던 수많은 별들이 모두 떨어지는 것 같아 눈물이 더욱 흐른다.

먹구름이 목을 삼키고 턱을 지나 입으로 접근한다. 순간, 눈물방울이 붉은 이슬비로 변한다. 핏빛 이슬비가 되어 무수한 화살처럼 쏟아져 내린다. 만남이 기뻐서 우는 칠석우가 아니라, 헤어짐이 슬프고 원통해서 우는 이별의 피눈물이 내 왼쪽 눈에서 샘물처럼 솟아난다. 입이 사라지기 전에, 나는 선미와 건우가 피를 흘리며 누워있을 아래쪽 서성대로를 내려다보며 마지막 절규를 토한다.

"선미야, 건우야, 우리 매년 4월에 만나자! 전국 방방곡곡의 마을 앞동산에, 고을 뒷동산에 색깔 고운 진달래꽃으로 피어 꼭 다시 만나자! 우리 약속하자!"

말을 마치자마자 괴물 형상의 먹구름은 내 입을 삼키고, 코를 삼
키고, 귀를 삼키고, 하나 남은 눈마저 삼켜버린다. 나는 모든 감각
을 빼앗긴 채 다시 캄캄한 세상에 갇히고 만다.

20여 년 전, 서울 성북구 수유리에 있는 4·19민주묘지에 가본 적이 있다. 싸늘한 화강암 비석에 검은 글씨로 쓰여있는 많은 이름들을 보며 나는 깊은 생각에 잠겼었다. 부끄럽기도 하고, 슬프기도 하고, 분노가 치밀기도 하고……. 매우 복잡한 심정이었다.

그곳에 잠든 영령들과는 달리 혈기도 부족하고 용기도 없는 나는 기회가 오면 어설픈 글로나마 4·19민주혁명의 도화선인 김주열 열사 이야기를 써보리라 다짐했었다.

그때의 다짐이 이제야 결실을 보게 되어 기쁨이 크고 감개가 무량하다. 하지만 창피한 점도 없지 않다. 수많은 자료를 찾아 읽은 뒤 분석을 하고 현장 답사까지 했으나, 소설이라는 작은 틀에 4·19의 큰 정신을 담아내기에는 내 역량이 너무 부족했다.

그래도 어린 주인공들의 순수하고 맑은 사랑과 우정, 불의에 항거하는 용기를 그려보려고 나름 애를 썼다. 해서 혹 영령들에게 누가 되지는 않을까, 노심초사하며 조심스레 이 졸작을 내놓는다.

이번에도 부족한 원고를 맡아 편집에 힘을 써준 최유정 님과 선뜻 출판을 해준 단비 김준연 사장께 감사를 표하는 바다.

2015년 2월

소양강변에서 양호문